ख़ुद के नाम पत्र

ख़्व के नाम पत्र

पियर बेरजे

अनुवाद

अनामिका सिंह

राजकमल प्रकाशन

मूल कृति À LETTERS YVES का हिन्दी अनुवाद

ISBN : 978-93-88183-35-2

मूल्य : ₹299
£9.99

पहला संस्करण : 2018

प्रकाशक : राजकमल प्रकाशन प्रा.लि.
1-बी, नेताजी सुभाष मार्ग, दरियागंज
नई दिल्ली-110 002

शाखाएँ : अशोक राजपथ, साइंस कॉलेज के सामने, पटना-800 006
पहली मंजिल, दरबारी बिल्डिंग, महात्मा गांधी मार्ग, इलाहाबाद-211 001
36 ए, शेक्सपियर सरणी, कोलकाता-700 017

वेबसाइट : www.rajkamalprakashan.com
ई-मेल : info@rajkamalprakashan.com

मुद्रक : यश प्रिंटोग्राफिक्स
नोएडा-201 301 (उत्तरप्रदेश)

YVES KE NAAM PATRA
Letters by Pierre Bergé
Translated by Anamika Singh

मैंने अपने जीवन का प्रेरणास्रोत खो दिया है, मुझे डर है कि कहीं
मेरी ज़िन्दगी अब और भी बेपरवाही से न बीते।

—प्लीन ल् ज़्रन

ईव के नाम पत्र

5 जून, 2006

कितनी ताजा और सुहानी थी पेरिस की वह सुबह जब हम पहली बार मिले थे। तुम अपने जीवन-संघर्ष के शुरुआती दौर में थे। उस दिन ख्याति से तुम्हारा सामना पहली बार हुआ और फिर तुम्हारे नाम के साथ वह हमेशा जुड़ी रही। तुमने एक-दूसरे का साथ कभी न छोड़ा। उस वक्त भला मैं सोच भी कैसे सकता था कि पचास वर्ष बाद हम एक दूसरे के सामने होंगे और मैं तुम्हें आखिरी बार अलविदा कह रहा हूँगा। यह अन्तिम बार है कि मैं तुमसे बात कर रहा हूँ...बल्कि बात कर पा रहा हूँ क्योंकि जल्दी ही तुम्हारे अवशेष मराकेश के बगीचे में इन्तजार करती हुई तुम्हारी कब्र में मिल जाएँगे।

यह कैसी विडम्बना है कि मैं तुम्हारे सामने तो हूँ, किन्तु तुम न मुझे सुन रहे हो, न जवाब दे रहे हो। यहाँ उपस्थित सभी लोग मुझे सुन रहे हैं सिवाय तुम्हारे, जो अब मुझे नहीं सुन सकता।

मुझे कैसे न याद आए हमारी पहली मुलाकात? उन पलों को मैं कैसे भूल जाऊँ? न सिर्फ हमारी पहली मुलाकात बल्कि

दूसरी सभी मुलाकातें...वह दिन मुझे याद है जब हमने निर्णय लिया—किन्तु क्या ऐसी परिस्थितियों में कोई वाकई निर्णय लेता है? —कि आज से हमारी राहें एक होंगी। मुझे याद है वो दिन जब 'वाल द ग्रास' के अस्पताल में तुम्हारे बिस्तर के सामने खड़े होकर मैंने तुमसे तुम्हारी फैशन हाउस की ऊँचे ओहदे वाली नौकरी छोड़ने को कहा था। मेरी इस बात के जवाब में तुम्हारी प्रतिक्रिया भी अभी तक याद है...''तुम्हारा मतलब है कि हम लोग अपना खुद का एक फैशन हाउस शुरू करने जा रहे हैं जिसे तुम सँभालोगे।'' इसके बाद वह धन जुटाने की भागदौड़, चारों तरफ से टूट पड़तीं परेशानियाँ...मुझे सब याद है, लेकिन तुम्हारे लिए तो मैं इससे भी बड़ी मुश्किलों को पार कर सकता था। मुझे याद है स्पोन-टीनी रोड पर आयोजित तुम्हारा पहला वस्त्र-संग्रह और कार्यक्रम के अन्त में तुम्हारी आँखों से बहते आँसू जो बीते महीनों की शंकाओं, मेहनत और तकलीफों को बयान कर रहे थे। प्रसिद्धि तुम्हें अपने कोमल पंखों से सहला गई थी। और फिर एक के बाद एक वर्ष बीतते गए और तुम्हारे नए-नए कलेक्शन आते रहे। कितनी तेजी से बीत गए ये वर्ष और तुम्हारे फैशन संग्रह ने एक पूरे युग को आकार दिया।

अपने समय के तमाम डिजाइनरों में इकलौते तुम्हीं ऐसे डिजाइनर थे जिसने जीवन की अपनी किताब को स्वयं लिखा था...पहले पाठ से लेकर अन्तिम पाठ तक। तुम समझ गए थे कि आनेवाला वक्त न तो शुद्धता की कद्र करेगा और न ही गुणवत्ता की। अत: पौम्पीडू सेंटर के उस अविस्मरणीय एवं

गौरवशाली फैशन शो के बाद तुमने इस व्यवसाय को जिसे तुमने इतने प्रेम से सींचा था, सदैव के लिए त्याग दिया। लेकिन इस विछोह से तुम कभी उबर नहीं पाए। हमेशा नए फैशन ईजाद करना तुम्हारे लिए किसी जुनून से कम नहीं था। किन्तु जैसा कि हर युगल के जीवन में कभी न कभी होता है, यहाँ भी विछोह निश्चित था। इसके बावजूद फैशन जगत के लिए न तो तुम्हारा प्रेम कम हुआ और न ही पीड़ा। मैं, जो कि तुम्हें सबसे करीब से जानता था, तुमसे कहना चाहता हूँ कि तुम्हारे समस्त गुणों में जो मुझे सबसे प्रिय रहे वे हैं तुम्हारी ईमानदारी, दृढ़ता और अपने काम में दक्षता की चाहत।

प्रचलित फैशनों के प्रवाह में तुम भी कभी फिसले होगे लेकिन तुम्हारा काम उनसे कभी प्रभावित नहीं हुआ क्योंकि तुमने अपनी रचनात्मकता का साथ कभी नहीं छोड़ा। और यह करके तुमने अच्छा ही किया क्योंकि तुम्हारी यही शैली हमें जगह-जगह दिखती है...अगर फैशन शो के मंच पर नहीं तो दुनिया-भर की सड़कों पर।

औरतों के साथ तुम्हारी भागीदारी, जिसका तुम जोर-शोर से दावा करते थे और जिस पर तुम्हें सबसे ज्यादा गर्व था, कभी खत्म नहीं हुई। तुम और शानेल—क्योंकि आज यदि सिर्फ एक नाम लेना हो, सिर्फ एक, तो वह उसी का होगा—शानेल जिसने तुम्हें अपना उत्तराधिकारी घोषित किया था, तुम दोनों बीसवीं शताब्दी के सबसे महान फैशन डिजाइनर होते। वह पहले पचास वर्षों की और तुम अगले पचास वर्षों के।

मैं चाहता था कि संगमरमर की उस शिला के ऊपर जो तुम्हारी प्रतीक्षा कर रही है, तुम्हारे नाम के नीचे 'फ्रांसीसी फैशन डिजाइनर' भी लिखवाया जाए। फैशन डिजाइनर ही तो थे तुम, आह! कितने अधिक! तुमने एक ऐसे संग्रह की रचना की है जिसकी गूँज लम्बे समय तक सुनाई देती रहेगी। फ्रांसीसी तुम इसलिए थे क्योंकि कुछ और तुम हो ही नहीं सकते थे। फ्रांसीसी जैसे राँसार्द की कविता का छन्द, जैसे ल् नोत्र की वाटिका, फ्रांसीसी जैसे रावेल का एक पन्ना, जैसे मातीस का कोई चित्र।

पास्कल, जिसे मोन्तेन पसन्द नहीं था, उसकी आलोचना करते हुए कहता है कि उसे सबसे ज्यादा अपनी ही रचनाएँ पसन्द थीं। दरअसल मोन्तेन ही सही था। ये तुम्हारी रचनाएँ ही थीं जिन्होंने तुम्हें जीवित रखा, उन तकलीफों को सहने की शक्ति दी जिनसे तुम बचपन से जूझ रहे थे। एक कलाकार बना ही इस तरह से होता है कि उसकी उम्मीदें और उसका मोक्ष उसे सिर्फ अपनी रचनाओं में मिलता है।

तुम्हारी बात चले और प्रूस्त का जिक्र न हो, यह कैसे हो सकता है? दरअसल तुम उस "तेजस्वी और जीवन्त लेकिन दयनीय वर्ग से सम्बन्ध रखते थे जिन्होंने संसार में अपना बहुत बड़ा योगदान दिया है। ये वही लोग हैं जिन्होंने धर्मों की नींव रखी और इस संसार की महानतम रचनाओं का सृजन किया। लोगों को कभी पता भी नहीं चल पाएगा कि उन पर इस वर्ग का कितना ऋण है और उनको यह सब देने के लिए उस वर्ग के लोगों ने कितना संघर्ष किया है।"

ईव, मैं तुमसे यही कहना चाहता था। अब हमें एक-दूसरे से विदा लेनी पड़ेगी और मुझे यह नहीं पता कि मैं यह कैसे करूँ। क्योंकि मैं तुमसे अलग कभी नहीं होऊँगा—हम क्या कभी एक-दूसरे से अलग हुए हैं? हालाँकि मैं जानता हूँ कि अब हम फिर कभी अगदाल के बगीचे के पीछे सूर्य को अस्त होते नहीं देखेंगे, हम फिर कभी एक साथ किसी कृति या किसी शिल्प के सामने खड़े हो अपनी भावनाएँ नहीं बाँटेंगे। हाँ, यह सब मैं जानता हूँ किन्तु मैं यह भी जानता हूँ कि मैं यह कभी नहीं भूल पाऊँगा कि मैं तुम्हारा ऋणी हूँ और एक दिन मोरक्को में खजूर के वृक्षों के नीचे मैं फिर से तुम्हारे पास वापस आऊँगा। अब तुमसे विदा लेते हुए ईव, मैं अपना आभार, गहन सम्मान और प्रेम व्यक्त करता हूँ।

25 दिसम्बर, 2008

अभी-अभी मैंने वह अभिभाषण फिर से पढ़ा जो तुम्हारी अन्त्येष्टि के दिन सेंट-रोश के गिरजाघर में पढ़ा था। सच तो यह है कि यह एक पत्र है जो मैंने तुम्हें सम्बोधित किया था। एक खुला पत्र, लेकिन फिर भी एक पत्र। तुम्हारे नाम एक पत्र। कल की तरह तुम आज भी मुझे नहीं सुन रहे हो। फिर क्यूँ मुझे तुम्हें लिखने की इच्छा हो रही है, तुम्हारे साथ इस संवाद को आगे बढ़ाने की, जो मैंने छह माह पहले शुरू किया था? इसका जवाब

मैं नहीं दे पाऊँगा। खैर, अब जो हो, मैं तुम्हें लिखने जा रहा हूँ।

तुम्हारे बिना पहला क्रिसमस। इस पर्व से हमें कोई खास लगाव नहीं था, है ना? और फिर, हम उन दिनों उच्च फैशन के संग्रह के सिलसिले में हमेशा पेरिस में ही होते थे। आज मैं मराकेश के उस घर में हूँ जो कभी हमारा होता था और जो अब सिर्फ मेरा है, जहाँ की हर चीज मुझे हमारे जीवन की याद दिलाती है, हमारी कहानी सुनाती है। तुम जानते हो कम नहीं होते हैं एक के बाद एक बीते हुए पचास वर्ष और मेरी सब यादें आपस में मिलकर गड्ड-मड्ड हो रही हैं। हम 1958 में क्या कर रहे थे? वह हमारा पहला क्रिसमस था और मुझे कुछ भी याद नहीं है। तुम दोफीन प्लास में रहते थे। कुछ दिनों पहले ही हमने एक भव्य समारोह के ओपेरा में कालास को सुना था जो हमारी याददाश्त में हमेशा के लिए बैठ गया। लेकिन क्रिसमस की मुझे कोई याद नहीं है।

मैंने तुम्हारे लिए जो स्मारक बनवाया है रोजाना की तरह आज भी मैं उसके सामने कुछ देर बैठने गया था। वहाँ बहुत सारे पर्यटक और आगन्तुक थे। उनमें से कुछ फोटो खींचते हैं। उनसे मुझे परेशानी नहीं होती है। मैं खुश हूँ कि वह तुम्हारा नाम पढ़ते हैं, तुम्हें याद करते हैं। मैं यही चाहता था।

मैं अच्छी तरह से जानता हूँ कि तुम यह पत्र नहीं पढ़ोगे और न ही वे पत्र जो मैं इसके बाद लिखूँगा, लेकिन इससे कोई फर्क नहीं पड़ता, मैं तो तुम्हें लिख रहा हूँ, भले ही मैं खुद को ही सम्बोधित कर रहा हूँ। यह सच है कि ये पत्र तुम्हारे लिए

लिखे गए हैं। यह हमारे बीच संवाद जारी रखने का एक तरीका है। तुमसे बात करते रहने का मेरा अपना तरीका। तुमसे, जो कि न मुझे सुन रहा है और न ही जवाब देगा।

26 दिसम्बर, 2008

मैंने बीथोवेन का अपना पसन्दीदा चौरागा सुना। प्राजाक चौरागा के द्वारा अति सूक्ष्मता से बजाई हुई 132वीं रचना। तुम जानते हो, सिगरेट के पैकेट जितने छोटे एक डिब्बे में सारी दुनिया का संगीत अपने साथ लेकर चलना कितना आह्लादकारी होता है। सारी दुनिया का न सही, फिर भी काफी बड़ी मात्रा में! मौसम बिलकुल वैसा है जैसा तुम्हें पसन्द था : चमकता हुआ सूरज और ठंडी शामें और ठंडी रातें। शाम को मैंने तुम्हारा कमरा ठीक-ठाक करके उसमें रहने का निश्चय किया है। परसों, क्रिसमस की शाम के भोजन के बाद, मैं इस बात को लेकर दुखी था कि मुझे यह मकान छोड़कर मेजोरेल बगीचे के उस अपार्टमेंट में रहने जाना है जिसका नवीनीकरण मैंने अपने लिए कराया है। खासतौर से आज। अब मैं वहाँ वापस जाऊँगा और वहीं रहने की कोशिश करूँगा। मैं बिल से नया नक्शा मागूँगा। उसका स्वास्थ्य बहुत अच्छा नहीं है, बल्कि वह बाकायदा बीमार ही है, लेकिन वह फिर से काम करने की बात पर खुश हो जाएगा। अपने आइपॉड के बारे में फिर से बात करता हूँ, मैं

अकसर ब्रहमस का छह रागा सुनता हूँ जो सैं रोश के गिरजाघर में तुम्हारी शोकसभा में बजाया गया था।

मैं फ्लाबेयर को बार-बार पढ़ रहा हूँ। उसकी पुस्तक 'कॉरेसपोंदोंस' का पहला खंड। यह बहुत ही दिलचस्प है। हालाँकि मुझे इसका आखिरी खंड सबसे ज्यादा पसन्द है, उसकी मृत्यु का वर्ष, उसके बहुत सारे मित्रों की मृत्यु का वर्ष और जॉर्ज सैंड की भी। कितना विस्मयकारी है यह आदमी जो अपनी प्रतिभा को क्रौआसेट से कैरो तक लेकर गया।

पियर कल पहुँच रहा है।

27 दिसम्बर, 2008

फ्लाबेयर : "नील किसी स्टील की नदी के समान समतल है।" मैंने इस वाक्य को कई बार पढ़ा।

"न्यूयॉर्क एक सीधा खड़ा शहर है," सेलीन ने कहा था। ये शब्द अपरिवर्तनीय हैं। मुझे क्षमा करना, लेकिन मैं तुम्हें अभी और नहीं लिख सकता।

30 दिसम्बर, 2008

मैं पेरिस जानेवाले हवाई जहाज में बैठा हूँ। हम टैंजियर के

ऊपर से उड़ रहे हैं। हम अपना घर देख सकते हैं। कम–से–कम अन्दाजा तो लगाया ही जा सकता है। पिछले चालीस साल से भी ज्यादा समय से, ईव, हम एक साथ अकसर यह यात्रा करते रहे हैं। मराकेश की यह यात्रा सुखद और मुश्किल, दोनों ही थी। सुखद इसलिए क्योंकि वहाँ जितने भी लोग थे वे मुझे पसन्द थे; मुश्किल इसलिए कि तुम हर जगह और हर समय उपस्थित थे। मैं इसका अभ्यस्त हो जाऊँगा। मैं इस बात से अनभिज्ञ नहीं था कि बाद में तुम्हें मराकेश जाना पसन्द नहीं रहा था। लेकिन तुम्हें पसन्द क्या था? डोवील से भी तुम्हारा उतना ही मोहभंग हो चुका था। तुम सिर्फ इनकार और अस्वीकार बनकर रह गए थे। हर चीज तुम्हारे असन्तोष और खराब मनोदशा का एक बहाना थी। तुम्हारे आसपास के लोगों में तुम्हारे करीबी लोग ही तुमसे नाराज नहीं थे...इन्हीं को तुम बर्दाश्त कर पाते थे—क्या मैं कभी तुमसे नाराज हुआ? मैं तुमसे छिपाऊँगा नहीं कि हालात कभी–कभी बहुत मुश्किल हो जाते थे, किन्तु, वैसे भी काफी समय हो चुका था कि मैंने सब कुछ स्वीकार कर लिया था, सब कुछ सहन करने लगा था मैं। क्योंकि तुम किसी भी चीज का सामना नहीं कर पाते थे, छोटी से छोटी अड़चन से लड़खड़ा जाते थे, क्रोधित हो जाते थे। तुमने अपने जीवन के अन्तिम 25 वर्ष—सुरक्षा में, सच्चाई और दुनिया से दूर बिताए। सच तो यह है कि तुम कभी भी इन अन्धकारमय वर्षों से उबर नहीं पाए और वे लोग जो तुम्हें रोज देखते थे वे जानते थे कि तुम गलत नहीं कहते थे कि तुम 'मृत–जीवित' थे। तुम्हारे जीवन

का यह अन्तिम हिस्सा बहुत कठोर था, बहुत सारे भय थे जिनका अन्देशा तुमको लगभग पहले से था, निराशा थी, और हिस्टीरिया जो तुम्हारे बहुत अन्दर तक पैठ गया था।

31 दिसम्बर, 2008

यह वर्ष समाप्त होने जा रहा है। यह तुम्हारी मृत्यु का वर्ष माना जाएगा। तुम्हारी मृत्यु, जिसके बारे में मुझे एक वर्ष से भी अधिक समय से निश्चित रूप से पता था : मुझे इसके बारे में बता दिया गया था। जैसाकि डॉक्टरों ने मुझे पहले ही कहा था, तुम्हारी मृत्यु शान्तिपूर्वक हो गई। सम्पूर्ण! किन्तु क्या मृत्यु भी सम्पूर्ण होती है? पहली जून रविवार को रात के 11 बजकर 10 मिनट पर तुम्हारी मृत्यु हुई। तुम अपने कमरे में थे, अपने बिस्तर में, ठीक वैसे ही जैसे कि तुम निश्चित रूप से चाहते। मैंने तुम्हें कभी तुम्हारी बीमारी के बारे में नहीं बताया। क्या फायदा होता? तुम्हें ऐसी कोई चिकित्सा नहीं लेनी पड़ी, तुम्हें ऐसी कोई प्रताड़ना नहीं सहनी पड़ी जो अकसर कैंसर के मरीजों के जीवन से जुड़ी होती है। बल्कि तुमने तो सिर्फ साँस लेना बन्द कर दिया और तुम्हारी आँखें खुली रह गईं—पूरी की पूरी। मैंने उन्हें बन्द किया। सब कुछ खत्म हो गया। मैं रोया नहीं। बाद में, बहुत बाद में, मेरे आँसू बहे। मृत्यु के वक्त तुम उन लोगों से घिरे हुए थे जिनसे तुम्हें प्यार था।

फिलिप और मैंने निश्चय किया कि हम प्रेस को बता दें और फिर टेलीफोन बजता ही रहा। मैंने तुम्हारे बारे में बताया। मैंने वह कहा जो कहना चाहिए था, एक रटे हुए सबक की तरह। मूजिक तुम्हारे कमरे में नहीं रुका। वह कुछ दिन पहले से ही तुम्हारे कमरे से कतराने लगा था। कैथरीन डेनव आई थी तुम्हें गले लगाने के लिए। वह तुम्हारे बगल में लेट गई। मैं बहुत भावुक हो गया था।

उसके पश्चात तुम्हारी राख (ashes) को हमारे मराकेश वाले घर 'ओएसिस विला' के गुलाब के बगीचे में बिखेरा गया और मेजोरेल बगीचे में मैडिसन द्वारा रचित तुम्हारा स्मारक बनवाया गया। तुम्हें पता है, तुम गर्व कर सकते हो, मैं तुम्हें पहले भी लिख चुका हूँ कि हजारों लोग जो वहाँ आते हैं तुम्हें अपनी मूक श्रद्धांजलि देने के लिए इन्तजार में खड़े रहते हैं और तुम्हें याद करते हैं। मैंने तुम्हें कब्रिस्तान की ठंडी गुमनामी से बचा लिया और उन उत्सुक निगाहों से भी जो तुम्हें मोंटपारनास में सार्त्र और ड्यूरास के बीच ढूँढ़ रही होतीं।

3 जनवरी, 2009

मैंने तुम्हें कुछ दिनों से नहीं लिखा है। कुछ ज्यादा ही काम था। मुझे इस वर्षांत, तथाकथित 'क्रिसमस की पूर्व संध्या' से डर लग रहा था। उसी मेज पर बैठे हुए जिस पर हम पिछले साल बैठे

थे, मैं तुम्हारे अलावा कुछ और नहीं सोच पा रहा था। तुम्हारे बारे में सोचते हुए दुखी तो था लेकिन एक राहत भी थी क्योंकि किसी और से अधिक मैं इस बात को ज्यादा अच्छी तरह जानता था कि मृत्यु ने तुम्हें बहुत-सी तकलीफों से मुक्ति भी दी।

पेरिस सुनसान, अँधेरा और दुखी लग रहा है। कल मैं कुछ मित्रों को बेबीलोन मार्ग दिखाऊँगा। कितनी ही यादें एक-दूसरे से टकरा रही हैं, अच्छी से अच्छी और खराब से खराब। यह वही जगह है जहाँ हम खुश रहे, दुखी रहे, जहाँ पर तुमने शराब और कोकीन के नशे में, उस ग्रीक सिर वाली कलाकृति से मुझे मार ही डाला होता अगर मैंने खुद को उससे न बचाया होता। वे कष्ट भरे दिन वहीं पर शुरू हुए थे।

4 जनवरी, 2009

कैथरीन पुटमैन की मृत्यु बहुत ही करीब है। अस्पताल में आई थी ब्रौंकायटिस की तकलीफ के साथ, वहाँ पर तीन कैंसर पता चले। मैं बहुत दुखी हूँ। 'क' जिससे मैं कल मिला था, वह बड़ी बहादुरी से फेफड़े के कैंसर से लड़ रहा है।

जैसा कि मैंने तुम्हें बताया था, मैंने मित्रों को बेबीलोन मार्ग दिखलाया। हीटर टूटा हुआ था। हड्डी गलानेवाली ठंड थी। बगीचा उजाड़ था। आसमान छतों को जकड़े हुआ-सा लग रहा था। मनहूसियत तारी थी।

मैंने पियर के साथ, मार्टिन हेल्मचेन नामक एक नए जर्मन पियानोवादक को सुना। वह 'म्यूजिकल मोमेंट्स' और शूबर्ट का 'सोनाट औं ला' बजा रहा था। राडू लूपू अविस्मरणीय है, लेकिन यह तो लाजवाब है।

6 जनवरी, 2009

मुझे अभी-अभी बिल के बारे में बुरी खबर मिली है। ब्रेन हैमरेज हुआ है। मराकेश के एक अस्पताल की गहन चिकित्सा यूनिट में है। हालत नाजुक है। तुम्हें मोरक्को में बिताए वे दिन याद हैं जब जीवन हमारे लिए एक उपहार की तरह था? मैं दिल से चाहता हूँ कि तुम उन दिनों को याद करो, और यह न मानो कि दुख अनिवार्य होते हैं। दुर्भाग्य से, मैं तुम्हें जानता हूँ और मुझे पता है कि तुम्हें असीम कष्ट और काले अवसाद से खेलना कितना पसन्द है। यह सब मुझे पता था, तुम्हारी झूठी हँसी के ठहाके, बेमतलब की परियोजनाएँ, अनजाने रास्तों पर छलाँग लगाना और फिर गिर जाना, एक टूटी कठपुतली की तरह। मैं वहीं पर था, तुम्हारे पीछे, तुम्हारी मदद करने की कोशिश करता हुआ। तुम्हें पता है, मैं अपनी गलती भी मानता हूँ। यह मत सोचो कि मैं अपनी गलतियाँ स्वीकार नहीं करता। मैंने तुम्हें हर चीज से और शायद कुछ जरूरत से ज्यादा ही, बचाकर रखा। अनजाने में मैंने तुम्हें एक बच्चे की तरह लिया।

जितना तुम मादक पदार्थों पर निर्भर थे, उतना ही मुझ पर भी। मुझे तुम्हें अपने से स्वतंत्र कर देना चाहिए था। मैंने ऐसा नहीं किया। यह हमारा तरीका था हमारी अपनी कहानी को जीने का। हमारी प्रेम कहानी। शुरुआत से ही किरदार बाँट दिए गए थे और हमने उन्हें अन्त तक निभाया। अकसर मैं इस बात के लिए खुद को उलाहना देता रहा। लेकिन तब तक बहुत देर हो चुकी थी। यह भी कह सकते हैं कि यह मेरे लिए अनुकूल था और तुम्हारे लिए भी। न कोई पीड़ित है और न कोई अपराधी, या फिर क्या यह स्वीकार कर लेना चाहिए कि दो पीड़ित थे और दो ही अपराधी भी? अभी-अभी मैंने तुम्हारे सामने वह बात कबूल की है जो हमेशा छिपाकर रखी।

क्या यह बात मुझे उसी शाम समझ में आ गई थी, जब हम क्लौश दौर में मारी लुईस बूस्के के रात्रिभोज पर पहली बार मिले थे? सम्भवतः मुझे याद है कि मैं तुम्हारी तरफ आकर्षित हो गया था और तुम मेरी तरफ। मुझे याद है जब मैं देर रात तुम्हें तुम्हारे घर छोड़ने गया था, मैंने तुम्हें चुम्बन देने से खुद को बहुत मुश्किल से रोका था। और उसके बाद सब कितनी जल्दी-जल्दी हो गया। याद है तुम्हें? जब भी मैं 1958 के शुरुआती महीनों के बारे में सोचता हूँ तो खुद से प्रश्न करता हूँ कि मुझमें इतनी ताकत कहाँ से आई कि बर्नार्ड के साथ बिताए हुए आठ वर्षों को अलविदा कह दिया, मैंने...मैं जो वफा का पुजारी हूँ; मैं यहाँ पर हृदय से वफादारी की बात कर रहा हूँ। हाँ, सब कुछ कितनी जल्दी हो गया था।

जैसाकि रिहर्सल के दौरान थियेटर लगता है मेरा घर भी आधा खाली है। सामान ले जानेवाले आए थे और लगभग सब कुछ लेकर चले गए। चिन्ता न करो, मेरी हालत 'ला सेरीसे' के अन्त में फिर्स जैसी नहीं है; मैं स्वयं को परित्यक्त महसूस नहीं कर रहा हूँ।

7 जनवरी, 2009

मैं अपने कल वाले पत्र को दोबारा पढ़ रहा हूँ—'हमारी किस्मत पर मुहर लगाना' कितनी विचित्र अभिव्यक्ति है यह, जिसका तात्पर्य है कि हमने अपने रिश्ते पर मुहर लगवाई। सत्य इससे कहीं ज्यादा सरल है : हम एक-दूसरे को प्यार करते थे। हमने अपने दो अस्तित्वों को एक करने की कोशिश की और वाह! अचम्भा, कि यह रिश्ता पचास वर्ष चला। कभी-कभी हम लड़खड़ाए, हमसे चूक हुई। हम आहत भी हुए परन्तु पचास वर्ष बाद हम फिर भी साथ थे, हम एक-दूसरे से अलग नहीं हुए। शायद यही प्यार की दीवानगी है। दो दीवानों का प्यार। मैंने बड़ी कोशिश की कि तुम्हें छोड़कर चला जाऊँ, दूसरे प्रेम-प्रसंग शुरू करने में सफल भी रहा लेकिन हर रास्ता मुझे तुम्हारी ओर वापस ले आता था। तुमने भी यही किया। लेकिन हम सदैव ईर्ष्या के वशीभूत रहे और यह बात समझ के परे है। लेकिन समझ कौन सकता है और इसमें समझने को है भी

क्या? मैंने सदैव यह कहा कि अगर मैंने तुम्हें छोड़ा नहीं तो सिर्फ हमारे फैशन हाउस की वजह से, लेकिन यह सच नहीं था। मैंने तुम्हें सिर्फ इसलिए नहीं छोड़ा क्योंकि मैं ऐसा कर नहीं पाया। मैडिसन के समय मैं ऐसा कर सकता था और मैंने लगभग कर ही दिया था। अन्ततः मैडिसन खुद ही थक गया और चला गया। तुम एक बार फिर से जीत गए थे। तुम्हें 1987 में डोवील का क्रिसमस याद है जब मैंने तुम्हें अपनी बर्बादी के बारे में बताया था? तुमने मुझसे बड़ी उदारता के साथ कहा था : "मुझे तुमसे सहानुभूति है क्योंकि मैं तुम्हें चाहता हूँ और मैं अनुमान कर सकता हूँ कि तुमने किस हद तक मेहनत की होगी।" मैं भावुक हो गया था किन्तु मैं स्वीकार करता हूँ कि मुझे उस वक्त लगा था कि कहीं यह तुम्हारा मुझे अत्यन्त विपरीत परिस्थिति में पहुँचाने का अपना तरीका तो नहीं था। यह बड़ी बात नहीं है। वह बहुत ही बुरा वक्त था जब तुम परदों के पीछे ह्विस्की के गिलास छुपाया करते थे।

ईव, तुम नाराज तो नहीं हो न कि मैं तुम्हें इतनी पुरानी बातें याद करने के लिए मजबूर कर रहा हूँ?

8 जनवरी, 2009

मैं सोने जा रहा हूँ, देर हो गई है। दुर्भाग्यवश मुझे तुम्हें एक बुरी खबर सुनानी है। बिल नहीं रहा। हमारे प्रिय मोरक्को के प्रिय

दोस्त चले गए : एडॉल्फो, फरनैंडो, जो, तुम और अब बिल। अब अगला कौन होगा?

10 जनवरी, 2009

मैं तुम्हें मराकेश जानेवाले हवाई जहाज से लिख रहा हूँ। बिल को सोमवार को दफनाया जाएगा। एक सेवानिवृत्त अमरीकी पादरी जो वहाँ रहता है अन्तिम रस्में करेगा। बिल ने क्रिस्टोफर और मुझे वसीयत का निर्वाहक घोषित किया है। इस वक्त हम लोग जिब्राल्टर के ऊपर से उड़ रहे हैं। हम हमेशा कहते थे कि एक दिन हम इस चट्टान की यात्रा करेंगे। लेकिन तुम्हें तुम्हारी जगह से हिलाना एक 'हरक्यूलियन' कार्य था। हालाँकि हरक्युलिस टैंजियर में आया था और हम वहाँ कभी नहीं गए।

इसको मेरा उलाहना न समझना, सबसे सुन्दर यात्राएँ निश्चल होती हैं और वैसे भी तुमने अपनी फैशन कृतियों में पर्याप्त यात्राएँ की हैं। इसका अच्छा उदाहरण तुम्हारी उस प्रदर्शनी में देखने को मिला था जिसका नाम मैंने 'असाधारण यात्राएँ' रखा था। तुम्हारी विशिष्टता वहाँ तुम्हारे दूसरे गुणों के साथ दिखाई दी : ऐसे देशों से प्रेरित होना जहाँ तुम कभी गए ही नहीं। पिछले वर्ष जब मैं राजस्थान गया था तो अचम्भित रह गया था कि तुमने अपने भारतीय वस्त्र-संग्रह के लिए कितने सटीक वस्त्र बनाए थे। तुमने सब कुछ अपनी कल्पना-शक्ति से बनाया

था और वह सब सही था। तुम्हें ऑस्कर वाइल्ड के वे शब्द याद हैं : "टर्नर से पहले लन्दन में कभी कोहरा नहीं हुआ?" यह कलाकारों की विशेषता है कि वह हमें दुनिया दिखाएँ। और तुम एक कलाकार थे।

मैं तुम्हें यह चौरागा भेज रहा हूँ जो मेरे प्रिय मारोट के इर्द-गिर्द घूमता है :

वसन्त और मेरी प्रिय ग्रीष्म ॠतु/खिड़की से बाहर निकल गए हैं अब ये,/वैसे नहीं हैं जैसे होते थे,/शीत ॠतु की ठंड मुझे भेद रही है।

मैं बिल को दफनाने जा रहा हूँ। शायद इसीलिए मैं अपनी शीत ॠतु के बारे में सोच रहा हूँ। मैं सोचूँ या न सोचूँ, वह आ चुकी है और दरवाजे पर दस्तक दे रही है। मैं बहरा होने का नाटक कर रहा हूँ और किवाड़ नहीं खोल रहा। लेकिन एक दिन वह जबर्दस्ती अन्दर आ जाएगी। सोचो जरा, इसके बावजूद मैं चारों तरफ काम करवाए जा रहा हूँ! अगर यह सब भाग्य को चकमा देने और भ्रमित करने के लिए नहीं है तो और क्या है?

11 जनवरी, 2009

सारी रात मेरी तबीयत खराब रही। मैं बिल के अन्तिम संस्कार में जा रहा हूँ। अब और नहीं लिख सकता।

13 जनवरी, 2009

कल मराकेश में जब मैं जहाज पकड़ने के लिए कब्रिस्तान से बाहर निकल रहा था तो मुझे कैथरीन पुटमैन की मृत्यु का समाचार मिला। तीन हफ्ते पहले ही हम लोग शारलौट के घर पर रात का खाना खा रहे थे। वह सुन्दर लग रही थी। भयानक कैंसर उसे अपने साथ ले गया। बिल, कैथरीन...एक ही हफ्ते के लिए यह बहुत ज्यादा है। बिल की अन्त्येष्टि जैसी होनी चाहिए थी वैसी हो गई। कैथलिक गिरजाघर में अमेरिकी पादरी के द्वारा। मैं वहाँ मौजूद था जब उसे ताबूत में लिटाया जा रहा था। क्रिस्टोफर ने मुझसे कहा कि वह मृत्यु के बाद लोगों को नहीं पहचान पाता। ताबूत के तकिये के ऊपर रखा हुआ उसका चेहरा काफी बड़ा लग रहा था। उसके चेहरे पर स्वाभाविक कोमलता बिलकुल नहीं बची थी। तुम्हारा चेहरा भी ऐसा ही हो गया था। पियर ने एक फोटो खींच ली थी। फोटो सुन्दर तो है लेकिन तुम कोई और ही हो। ऐसा शायद इसलिए होता है क्योंकि जो लोग शव को तैयार करते हैं वे उसे जीवित रूप में नहीं जानते होते। एक छोटी–सी बात भी चेहरे को बदल लेती है।

मैं अकसर इस फोटो को देखता हूँ। यह सच है कि बन्द आँखों में काफी हद तक तुम्हारी मोहकता गायब हो गई है। मैं मानता हूँ कि तुम बहुत मोटे हो गए थे, लेकिन इससे तुम्हारे व्यक्तित्व में एक आश्चर्यजनक सम्पन्नता झलकने लगी थी। और फिर, लेकिन यह बात दूसरों के ऊपर भी लागू होती है, कि

बिना चश्मे के तुम कोई और लगते थे। क्या किसी मृत व्यक्ति को चश्मा पहनाया जाता है?

यह नीलामी मेरा सारा वक्त ले लेती है। मैं लगातार उन्हीं सवालों के जवाब देता रहता हूँ : आपने यह कला-संग्रह कैसे तैयार किया? वह कौन-सी पहली कलाकृति है जो आपने हासिल की? आप यह नीलामी क्यों कर रहे हैं? लोग यह भी पूछते हैं कि तुम्हें कौन से चित्र पसन्द थे? और मुझे कौन से पसन्द हैं? मैं वही बात बार-बार दोहराता हूँ। सोचो, अगर इन सब लोगों को, पत्रकारों को और दूसरे लोगों को, यह पता चल जाए कि यह कामुकता है, ना कि कला जिसने हमें गति प्रदान की, वे अगर यह जान जाएँ कि इस कामुकता के कारण और इसकी खोज में मैंने तुम्हें डुबो दिया, तुम्हें दंडित किया, इसी में सब कुछ घटित हुआ : हमारा प्रेम, फैशन हाउस, संग्रह, हमारा जीवन! हम बरनार्दैं द सैं पियर को नहीं पढ़ते थे, बल्कि ल मार्किस द साद को पढ़ते थे। वह कामुकता थी जिसने हमारी मुलाकात सुनिश्चित करवाई, जरूरत पड़ने पर हमारी सुलह करवाई और वह इसी की यादें हैं, जिनके बारे में हम अकसर बातें करते थे, जिन्होंने हमको अन्त तक जोड़े रखा!

16 जनवरी, 2009

अगले रविवार को, यानी कि परसों, बेबीलोन मार्ग से सब कुछ

चला जाएगा। मेरे घर से तो पहले ही सब कुछ जा चुका है। खाली मकान में होना कोई सुखद अनुभव नहीं है। ऐसा लगता है जैसे हम नंगे हों। लेकिन, तुम जानते हो, लोगों के पास सदैव बहुत अधिक सामान होता है। अनेक चित्र। अनेक शिल्प। इतनी सारी चीजों की हमें क्या आवश्यकता थी? क्या यह सनक या एक किस्म की बीमारी नहीं है कि हमने यह सब कला वस्तुएँ इकट्ठा कर लीं? 700 से भी ज्यादा, अहसास है तुम्हें? यह सच है कि तुम्हें बहुत अच्छा लगता था कि तुमने यह अलीबाबा की गुफा बनाई है जिसकी हर छोटी से छोटी जानकारी भी तुम्हारे पास होती थी। एक दिन मेरे घर में तुमने अचम्भित स्वर में या फिर अचम्भे का नाटक करते हुए मुझसे पूछा : "इतनी सारी कला-वस्तुएँ तुम्हारे पास कहाँ से आईं?" मैंने तुम्हारे दुस्साहस को नजरअन्दाज करते हुए कोई जवाब नहीं दिया। जो भी हो, लेकिन तुमको झिड़कना मेरे लिए अनुचित होता। इन सब चीजों को इकट्ठा करने के लिए मैंने तुम्हें प्रोत्साहित नहीं किया, इसमें तुम्हारी मदद नहीं की? मेरा काफी योगदान रहा है तुम्हारी सनक को पोषित करने में क्योंकि यहाँ पर बात सनक की ही है। कुछ लोग पैरानौइक होते हैं, कुछ लोगों को बंद जगहों का भय होता है। और हम संग्रहकर्ता थे। कभी-कभी मैं खुद से पूछता हूँ कि क्या इस नीलामी के बाद मैं ठीक हो जाऊँगा? हम संग्रहकर्ता थे किन्तु ल कूज़ां पोन्स की तरह नहीं, बल्कि गोन्कूर बन्धुओं की तरह। नोआईल की तरह, हालाँकि इन दोनों के पास काफी भद्दे अतियथार्थवादी चित्र थे। तुम

जानते हो इस बात को, तुमने तो उत्कृष्टता का अपना पैमाना बहुत ऊँचा रखा था। डिओर, शानेल, बालोंसियाजा तुम्हारे आदर्श थे, तुमने उनके भी कीर्तिमान को तोड़ा। भविष्य के डिजाइनरों को गजब की रफ्तार चाहिए होगी! मैं उनको शुभकामनाएँ देता हूँ। यही ऊँचे मानक हमने अपने संग्रह में देखने चाहे।

बेबीलोन मार्ग खाली होने जा रहा है। वह बिलकुल वैसा हो जाएगा जैसा हमें पहली बार मिला था। याद करो : वह जुलाई का महीना। सूर्य की किरणें पेड़ों की पत्तियों के बीच से होती हुई निकल रही थीं। बेबीलोन मार्ग सुन्दर लगा था और हमारे पास धन नहीं था। हम एक-दूसरे से प्रेम करते थे और भाग्य हमारा इन्तजार कर रहा था। यह हमारा सबसे खूबसूरत सहारा था।

17 जनवरी, 2009

कल मैंने तुम्हें लिखा था कि अपने काम में तुमने उत्कृष्टता का बहुत ऊँचा पैमाना रख दिया था। दरअसल मैं सदैव सोचता था कि यह व्यवसाय तुम्हारे स्तर का नहीं था, तुम इससे बेहतर के हकदार थे और इसकी अल्पकालिकता के कारण तुम्हें हमेशा कष्ट उठाना पड़ा। तुम हमेशा जानते थे कि फैशन कोई कला नहीं है। हालाँकि इसकी रचना करने के लिए एक कलाकार की जरूरत होती है। यही कारण था कि तुमने अपने ऊपर शुद्धता

की सख्ती थोपी। तुम्हें एक सम्पूर्ण कलाकार होना चाहिए था, लेकिन क्या तुम्हारे पास वह प्रतिभा थी? यह प्रश्न जो मैं खुद से पूछ रहा हूँ, तुमसे पूछ रहा हूँ, मैं जानता हूँ कि इस प्रश्न ने रात-दिन तुम्हारा पीछा किया है। याद करो, ईव, तुम्हारी पारखी नजरें जिन्होंने कभी धोखा नहीं खाया, जो कभी भी नहीं भटकीं। मैंने तुम्हारे साथ रहकर वफादारी का कठिन नियम सीखा है। मैं वह भूला नहीं हूँ। यह मेरा तरीका है तुम्हारे साथ वफादार रहने का, खुद अपने साथ वफादार रहने का। मुझे गर्व है कि मैंने कभी यह नियम नहीं तोड़ा। किसी भी हालत में नहीं। तुमने भी यह कभी नहीं किया। याद हैं तुम्हें वे शुरुआती साल, फैशन हाउस में, जहाँ तुम्हारी कठिन अपेक्षाएँ नामुमकिन मालूम पड़ती थीं। उसके बाद हर कोई समझ गया कि तुम सही थे।

23 जनवरी, 2009

मैं रात बिताने के लिए सेंट-रेमी द प्रोवेंस के फार्महाउस 'तेओ' आया हूँ। कल कैथरीन की राख आर्ल्स के कब्रिस्तान में उसकी पारिवारिक कब्र में दफना दी जाएगी जहाँ उसके पति जाक और ब्राम वां वैल्द की कब्रें हैं। ब्राम वां वैल्द को अन्ततः वहीं पर दफनाना पड़ा था क्योंकि उनको समझ नहीं आ रहा था कि उसे कहाँ दफनाया जाए।

नौरमींदी का मौसम है : कोहरा, तेज हवा और बारिश।

जब हम लोगों ने तुम्हारी राख को, ओएसिस विला के गुलाब के बगीचे में बिखेरा था। उस समय धूप खिली थी। कुछ लोग तो यह भी सोच रहे थे कि उनको धूप के अनुकूल वस्त्र पहनकर आने चाहिए थे। लेकिन यह तो अलग ही कहानी है। मैं टैंजियर के बारे में अकसर सोचता हूँ। याद है तुम्हें, वह मकान जो हमने ढूँढ़ा था। उसको खरीदने में तुम झिझक रहे थे तो मैंने तुमसे क्या कहा था?

मुझे यकीन है कि तुम्हें वह याद है। मैंने तुमसे कहा : "ईव, तुम मेडिटेरेनियन समुद्र के किनारे ओरौं शहर में पैदा हुए हो और मैं एटलांटिक महासागर में ओलेरौं द्वीप पर। टैनजियर वह जगह है जहाँ पर एटलांटिक और मेडिटेरेनियन एक-दूसरे से मिलते हैं।" मुझे नहीं पता कि इस बात से ही तुम निर्णय कर पाए। लेकिन हमने वह घर खरीद लिया। अगर मुझे यह शहर पसन्द है और अगर मैंने इसको यहाँ पर अकसर रहने के लिए चुना तो सिर्फ इसी कारण से। मैं कभी ओरौं नहीं गया और तुम भी वहाँ कभी वापस नहीं गए। तुमने कभी भी मेरे द्वीप पर कदम नहीं रखा। हमने साथ बैठकर अल्जीरिया के बारे में बहुत कम बातें कीं। मैं इस बारे में बात करने से कतराता था क्योंकि मेरे शब्द तुम्हें तकलीफ पहुँचा सकते थे। तुम उपनिवेशवादियों के वंशज थे, मैं उपनिवेश का विरोधी। फिगारो को दिए हुए एक साक्षात्कार में तुमने कहा था कि ओरौं शहर में समलैंगिक होना हत्यारा होने जैसा है। मुझे नहीं पता कि तुम्हारे माता-पिता क्या सोचते अगर उन्हें यह पता चलता कि तुम

अरब लोगों के साथ शारीरिक सम्बन्ध रखते थे। वे अरब लोगों को नापसन्द करते थे। तुम स्वयं को उन्हें समर्पित करते थे।

30 जनवरी, 2009

मैं तुम्हें उतनी जल्दी-जल्दी नहीं लिख पा रहा हूँ जितना कि चाहता हूँ। यह नीलामी मेरा काफी समय खा जाती है। मैं रोज कई सारे साक्षात्कार देता हूँ और यह भी पर्याप्त नहीं है। मैं सोच रहा हूँ कि क्या तुम इस नीलामी के पक्ष में होते!

मैं जानता हूँ कि तुमने यह नहीं किया होता, तुमने मेरे घर की कला वस्तुओं की नीलामी की होती क्योंकि तुम्हें उनकी कमी न खलती लेकिन बाकी चीजें जो कि बेबीलोन मार्ग पर थीं, तुमने उनको खुद से अलग न किया होता।

यहाँ पर हम अलग थे। तुम्हें वस्तुओं से लगाव था, मुझे सिर्फ इनसानों से, तुम्हें संग्रह करना अच्छा लगता था, मुझे बाँटना। तुम्हें हमारी संस्था 'फोंदासियों' में कम दिलचस्पी थी, उसने तुम्हारी एक कृति को रख लिया था जो तुम्हें देनी पड़ गई थी, जिसका तुम्हें परित्याग करना पड़ा था और इस अलगाव को तुमने अपनी हार की तरह लिया। यहाँ तक कि जो प्रदर्शनियाँ तुमसे सम्बन्धित होती थीं वे भी तुम्हें बहुत कम उत्साहित कर पाती थीं। यह सब मैं जानता था जब मैंने यह 'फोंदासियों' बनाई, लेकिन मैंने सिर्फ अपने प्रेम, अपनी श्रद्धा की आवाज सुनी।

मैं अच्छी तरह से जानता हूँ कि तुमने उस दिन 'सौंत्र पौंपीदू' में आयोजित फैशन शो में सब कुछ खो दिया था जब तुमने अपनी कृतियों को मंच पर देखा और उनको अलविदा कहा। मुझे याद है कि तुम मंच पर ऐसे चढ़े जैसे फाँसी के तख्ते पर चढ़ रहे हो। जैसे-जैसे दर्शक तुम्हारी प्रशंसा करते थे, वाह-वाह की आवाजें बढ़ती जा रही थीं, वैसे-वैसे तुम्हारी पीड़ा बढ़ रही थी और तुम्हारी यातना लम्बी होती जा रही थी। तुम सिर्फ अपने व्यवसाय के लिए जीवित रहे। पहले जब तुम प्रशंसा को फूलों की तरह इकट्ठा करने निकलते थे, तुम खुश होते थे और वह खुशी तुम्हारे अन्दर दिखती थी। इस बार, तुम जानते थे कि यह आखिरी है। और अब फिर कभी ख्याति तुम्हारे पास लौटकर नहीं आएगी। तुम्हें अँधेरों में अपना जीवन बिताना था, तुम्हें जिसको सिर्फ सूरज पसन्द था, बाकी जीवन पुरानी यादों में बिताना होगा। बेचारा घायल सिंह—तुम्हारी राशि—शानेल की भी—उसने तुम्हें धोखा दिया।

1 फरवरी, 2009

ठंडा और उदास रविवार। बीस दिन बाद हमारा कला संग्रह ग्रैंड पैलेस में प्रदर्शित होगा और हजारों लोग उसे देखने आएँगे। मेरे लिए अब इसका कोई अर्थ नहीं है। 'ला ब्रौक्यूसी' वह मूर्ति थी जिसके सामने हम दोपहर के खाने का इन्तजार करते थे,

मातीस का समुच्चित चित्र वह कलाकृति थी जिसके नीचे बैठकर तुम कॉफी पिया करते थे।

फ्रैंक का पारावैंट मेरे बिस्तर के ऊपर झुका रहता था जब मैं वहाँ रहता था, और तुम बहुत अच्छी तरह से जानते हो कि इसका क्या अर्थ था मेरे लिए। इसीलिए तुम समझ रहे हो कि हमारे इस संग्रह के समक्ष मैं वैसे ही खड़ा रहूँगा जैसे कि गोन्कूर ने कहा है : "एक उदासीन राहगीर की मूढ़ नजरें।" तुम्हारे बिना इन सब चीजों का कोई अर्थ नहीं है। मैं खुश हूँ कि मैंने यह निर्णय लिया। अपने पिछले पत्र में मैंने तुम्हें लिखा था कि तुमने यह नीलामी न की होती। मिस्रवासियों की तरह तुम भी अपने खजाने से घिरे हुए दफनाया जाना पसन्द करते और तुम्हारा कुत्ता जो किसी भी तरह आन्युबिस से मेल नहीं खाता था—तुम्हारे नजदीक मृत पाया जाता और सब चित्रकृतियों और शीशों को मकड़ियों ने अपने जाले से ढक रखा होता। सम्भवत: तुमने मृत्यु को चुना होता; यदि तुम चुन सकते।

मृत्यु, तुम्हारे अहंकार भरे अकेलेपन और अपने साथ सब कुछ ले जाने की चाहत से मिलती-जुलती मृत्यु। इस प्रकार रहस्य अक्षुण्ण बना रहता। मेरे इस निर्णय से रहस्य का पर्दाफाश हो गया। हमारा जीवन प्रदर्शित और यहाँ तक कि नीलाम किया जाएगा। हमें धन से प्रेम नहीं था। हम उनको पसन्द नहीं करते थे जो धन के प्रेमी थे। हमने नोआइलस से उनका सिद्धान्त उधार लिया था, दूसरों द्वारा की गई प्रशंसा से बेहतर अपनी स्वयं की नजरों में खुद का सम्मान होता है, और अन्ततः हम

धनी हो गए और हमारे आगे सम्मान का ढेर लग गया। लेकिन तुम्हें सच्चाई पता है, तुम सच इसलिए जानते हो क्योंकि हमने अकसर इस बारे में बात की है : यह धन और यह सम्मान, हम यह कभी नहीं चाहते थे। कला वस्तुओं की तरह यह भी हमारे रास्ते में खुद-ब-खुद आ गए। तुम कलाकार और मैं मुक्तिवादी, लेकिन देखो लोगों ने हमें व्यापारी का जामा पहना दिया। खासकर मुझे, काश वे सच्चाई जानते!

5 फरवरी, 2009

मैंने एक विचित्र सपना देखा। मुझे ठीक से मालूम नहीं हम कहाँ थे। कदाचित् मराकेश में। तुम मुझे उलाहना दे रहे थे कि मैंने फरनान्दो को घर बेचते समय दीवार में जड़ी हुई प्रतिमा दार अल हन्च में ही क्यों छोड़ दी। "मोरीस दोआँ ने हमसे कहा था कि यह एक बेहद दुर्लभ प्रतीक है, सौभाग्य लाता है और इसे कभी अपने से अलग नहीं करना चाहिए। विपदाएँ तब शुरू हुईं जब हमने इस प्रतिमा को छोड़ दिया। यह सब तुम्हारी गलती है।" तुम्हारी आदतन बदनीयती के साथ तुम्हारे दुर्भाग्य की किताब खुलना शुरू हो गई : शराब, ड्रग्स, ज.द.ब. जिसने हमारे बीच फाँक लगभग डाल ही दी थी; वगैरह। मुझे सब कुछ याद नहीं है। और यहीं मेरी नींद खुल गई। जैसाकि हमेशा तुम्हारे साथ होता था, यह भी दूसरों की ही गलती थी।

मैं कितना चाहता था कि तुम सच का सामना करो। पर तुम इसमें असमर्थ थे। न सिर्फ तुमने सच का सामना नहीं किया बल्कि तुम वहाँ से बहुत तेजी से भागे और एक भ्रम की दुनिया में जाकर शरण ले ली। तुम असलियत से भी भाग निकले। इस दुनिया को कुछ लोग असाधारण की संज्ञा देंगे जिसमें तुम एक शहीद की तरह जिए। यह सच है, ईव, कि वह रहस्यमयी पत्थर जैसाकि तुम कहते थे, अभी भी दरअसल हांच की दीवार में जड़ा हुआ है। लेकिन मैं नहीं मानता कि इसी कारण विपत्तियाँ तुम्हारे ऊपर, हमारे ऊपर टूट पड़ीं। तुम्हें कितनी चाहत थी इस दुर्भाग्य की, तुमने सदैव इसको ललकारा। तुम देख रहे हो, आज मैं अब किसी को भी दोषी नहीं ठहरा रहा। हालाँकि ज.द.ब. का नाम आसानी से मेरी कलम के नीचे आ सकता है, जबकि मैंने लम्बे समय तक इसके विपरीत ही कहा है और दृढ़तापूर्वक कहा है। वह तुम्हें नर्क के रास्ते पर ले गया जहाँ से तुम्हें फिर वापस नहीं आना था। मैं जानता हूँ कि यह सब तुम्हारे चाहने से हुआ। मैंने इस बात को कुछ समय बाद स्वीकार किया। एक दिन मैं समझ गया कि तुम्हारी सबसे बड़ी ख्वाहिश पिशाच के साथ खेलने की है। तुम्हारे लिए मैं अत्यधिक सन्तुलित था और तुम्हें बचाने में सफल नहीं हुआ।

ज.द.ब. तो एक बहाना मात्र था, एक मौका जो तुम ढूँढ़ रहे थे और जो तुम्हारे सामने आ गया। कुछ समय पहले, क...ने मुझे फोन किया कि उसके पास कुछ पत्र हैं जो तुमने ज.द.ब. को लिखे थे; उसने मुझे बताया कि वह उन पत्रों की

अश्लीलता, भोंड़ेपन और यौन हिंसा से इतना दहल गया कि उनको जलाने ही वाला था लेकिन अन्त में, कुछ धमकी और कुछ जबर्दस्ती की वजह से उनको अपने पास रखना बेहतर समझा। मैंने उससे कहा कि मुझे कोई फर्क नहीं पड़ता। मैं तुम्हें जानता हूँ और मुझे पता है जब तुम्हें किसी से प्यार होता है तो लिखने की सनक तुम्हें अपने वश में कर लेती है। "मैंने फ...को बेहद आपत्तिजनक पत्र लिखे हैं," एक दिन तुमने मुझसे कहा, "उनको वापिस लेना है।" फ...एक पुरुष वेश्या था और मैंने उससे कुछ भी वापिस नहीं लिया। कभी-कभार, तुम्हारा अन्धापन तुम्हें बहुत ही गलत रास्तों पर ले जाता था। ज.द.ब. पर वापस आते हैं, मैं कभी नहीं समझ पाया कि तुम्हें कैसे एक औरत जैसे दिखनेवाले, किसी नाटक के प्रलोभन से जो कि दम्भी भी है और शारीरिक रूप से बेढंगा भी है, प्यार कर सकते हो।

मैंने तुम्हारी अत्यधिक पीने की आदत के बारे में बात उठाई है। तुम्हें याद है ड्यूरास का वह जवाब जो उसने एक पत्रकार को दिया था : "गलतफहमी में न रहिए, मैं शराबी हूँ जो पीता नहीं है।" तुम यही कहने जा रहे थे। इसी कारण तुम्हारी खोयी-खोयी दुख भरी निगाहें कभी दोबारा पहले जैसी नहीं हो पाईं। वे निगाहें कितनी खुश और खासतौर पर शरारत भरी होती थीं शुरू के सालों में! आह! खुशियों से भरे हुए वे साल!

15 फरवरी, 2009

पिछला पत्र लिखे हुए दस दिन बीत चुके हैं। इन दस दिनों की विस्तृत सूचना नहीं दूँगा तुम्हें। यह नीलामी मुझे अक्षरश: निगल रही है। मैं पूरी तरह से डूबा हुआ हूँ और निरन्तर प्रयास से ही अपना सिर बाहर निकाले रखने में सफल होता हूँ। मैं समझ रहा हूँ कि मेरी जगह तुम होते तो यह नीलामी क्यूँ नहीं होने देते। पहले तो, तुम कभी चाहते ही नहीं, और फिर इतना सब कुछ तुम बर्दाश्त न कर पाते। प्रतिदिन दस साक्षात्कार, दुनिया-भर के रेडियो और टेलीविजन। विश्वास करोगे मेरा अगर मैं तुम्हें यह बताऊँ कि इन सबसे मुझे गुमान नहीं हो रहा है।

मुझे नि:सन्देह इस बात से प्रसन्नता हो रही है कि मैं दुनिया को हमारा कला-संग्रह दिखा रहा हूँ। अपनी, हम दोनों की रुचि की सूक्ष्मता और परिशुद्धता दिखा रहा हूँ। लेकिन तुम अच्छी तरह यह जानते हो कि यह सब हमारे लिए कितना प्राकृतिक और सामान्य था। तुम अच्छी तरह जानते हो कि अपने घर पर पिकासो और मातीस की कलाकृतियाँ आती देखकर हम कभी भी अचम्भित नहीं हुए। एक तरह से हम यह सोचते थे कि ये चित्रकृतियाँ हमारे लिए ही थीं। जब मैं 733 कला-वस्तुओं की तालिका देखता हूँ जो कि नीलामी में रखी जाएँगी तो मेरा सिर चकरा जाता है और मैं सोचता हूँ ये किसी पागल की कलाकृतियाँ हैं। दो पागलों की। चूँकि इनकी खरीद के लिए मुख्यत: मैं जिम्मेदार हूँ, मैं खुद से पूछता हूँ कि ये सारी वस्तुएँ और चित्र

एकत्रित करने के लिए मुझे समय कहाँ से मिला। मुझे यह बात प्रशंसा के योग्य लगती है, हालाँकि यह शब्द बहुत प्रभावशाली तो नहीं है, कि हमारी पसन्द कभी अलग नहीं हुई। किसी भी चीज पर नहीं। वास्तव में प्रेम का सबसे बड़ा सबूत जो हमने एक-दूसरे को दिया होगा, वह हमारा यह संग्रह और हमारे घर हैं। तुमने एक दिन मुझसे कहा था, बहुत पुरानी बात नहीं है : "लोग बेरजे की पसन्द के बारे में बात करेंगे जैसे नोआईल्स की पसन्द के बारे में करते हैं।" मैं भौचक्का रह गया था। असल में तुम आसानी से किसी की तारीफ नहीं करते थे और साधारणतया तुम स्वयं को प्रमुख किरदार देना पसन्द करते थे। मैं अकसर तुम्हें ले भी लेने देता था। इस तरीके से, बिना आपस में यह बात बोले, हमने अपने काम शुरू से ही बाँट रखे थे। तुम और मैं, हम दोनों सदैव ही यह जानते थे कि हमें क्या अपेक्षा रखनी है।

हाँ, दो पागलों के कला संग्रह। सारी दुनिया के अखबार इस नीलामी के बारे में बात कर रहे हैं। होटलों में कमरे नहीं बचे हैं और निजी हवाई जहाजों को बूरजेट में उतरने की मनाही हो गई है। जैसा कि तुम जानते हो, लोग इस 'शताब्दी की नीलामी' के बारे में बात कर रहे हैं। सच कहूँ तो यह सब मुझे अच्छा लग रहा है लेकिन बहुत ज्यादा प्रभावित नहीं कर रहा। शताब्दी की सबसे बड़ी नीलामी हो या न हो, ये सारे चित्र, फर्नीचर, कला-वस्तुएँ जिनको हमने इतना प्यार किया एक नया जीवन जीने जा रही हैं। अब इस उम्र में मुझे खुद को हलका

रखना आना चाहिए। तुम अपूर्व बुद्धिवाले मनुष्य थे। और मैं तुम्हारा साथ देने में सक्षम रहा और यह संग्रह जो हमने साथ मिलकर बनाया इसकी वजह से मैं रिम्बो के शब्दों में कहूँ तो, 'आग के चोरों' के नजदीक रहा। तुम जानते हो, मैं कभी भी पूर्णरूपेण तुम्हारा अभार प्रकट नहीं कर पाऊँगा कि तुम मुझे अपने साथ सृजन के शिखर तक लेकर गए। मैं मानता हूँ कि पचास वर्षों तक मैं तुम्हारे साथ था, चौकन्ना, सचेत, और मैं भलीभाँति जानता हूँ कि तुम्हारा जीवन और तुम्हारी रचनाएँ ऐसे न हुए होते यदि हम एक-दूसरे से न मिले होते। लेकिन इसके बावजूद सबसे अहम चीज होती है प्रतिभा, और वह तुम्हें किसी और ने नहीं दी।

आज इतवार है, ठंड पड़ रही है। इस वक्त जब मैं तुम्हें लिख रहा हूँ बाकी लोग ग्रैंड पैलेस में प्रदर्शनी और नीलामी की तैयारी कर रहे हैं। मैंने तुम्हें बताया था कि यह सब ग्रैंड पैलेस में होगा। मेरा बड़ा मन था कि तुम्हारे काम की भी एक प्रदर्शनी इसी के साथ होती। इस प्रकार मैं वह सब दिखा पाता जिस पर मुझे सबसे ज्यादा गर्व है और जिसके लिए एक वाक्य में कहा जा सकता है : जहाँ से धन आता है, वहीं पर धन जाता है। यह प्रदर्शनी अगले वर्ष मार्च में पैति पैलेस में होगी। तीन सौ नमूने दिखाए जाएँगे। अगर तुम जानते कि मौंटरेयाल और सान फ्रांसिस्को में लोगों ने कितने जोश के साथ इनको देखा तो तुम्हें बहुत गर्व होता। मुझे बहुत गर्व हुआ। मैंने तुम्हें उनको बनाते हुए देखा है, मैंने उनको मंच पर फैशन शो के दौरान देखा है।

तुम कहोगे कि इन वस्त्र–संग्रहों को बनाने में परेशानियाँ आती थीं लेकिन याद करो तुम अन्त में कितना खुश होते थे जब हॉल में उपस्थित लोग एक साथ खड़े होकर तालियों से तुम्हारा स्वागत करते थे। हाय! वह क्षणिक खुशी बहुत जल्दी लुप्त हो गई और जल्दी ही दुख ने उसकी जगह ले ली। आज इतवार है और पाँच दिन बाद प्रदर्शनी शुरू हो जाएगी।

28 फरवरी, 2009

मैं मराकेश में हूँ। लगभग पन्द्रह दिन हो गए हैं, तुम्हें लिखे हुए। मुझे तुमको सब कुछ बताना है।

मैंने जितना सोचा था उससे भी ज्यादा अविश्वसनीय रहा यह। पूरा का पूरा ग्रैंड पैलेस हमारे संग्रह से भरा हुआ था। हमारी दस मीटर ऊँची फोटो, एलीस स्प्रिंग वाली, मुख्य द्वार के ऊपर लगी थी। तुम समझो कि सब कुछ बहुत बड़े पैमाने पर था। क्या मैं हिम्मत करूँ यह कहने की कि तुम्हारे अहंकारोन्माद के स्तर का! ओह, तुम्हारा नाम "स्वर्ण अक्षरों में शौंज एलीजे में" जिसका तुम ओरौं में अपने बचपन के दौरान सपना देखते थे, विश्वास करो मेरा, बहुत रोशनी के साथ चमक रहा था। नाताली क्रिनियैर की मंच–सज्जा प्रशंसनीय थी। तुम अन्दाजा लगा सकते हो कि बेबीलोन मार्ग के हमारे अपार्टमेंट का रूपान्तरण किया गया था और उसमें हमारी 733 चित्रकृतियाँ,

मूर्तियाँ, फर्नीचर और कला-शिल्प प्रदर्शित किए गए थे! लोग चार-चार घंटे बल्कि उससे भी लम्बी कतारों में खड़े रहे और वह भी बिना शिकायत किए। ''मैं इससे भी ज्यादा इन्तजार कर सकती थी।'' मुझसे एक मंत्रमुग्ध महिला ने कहा। यह प्रदर्शनी चार दिन रात के बारह बजे तक चली। मैं बहुत भावुक हो उठा था इन लोगों को देखकर जो लाइनों में लगे हुए धीरे-धीरे आगे बढ़ रहे थे, कभी-कभी रात में भी और फिर सब कमरों में भागकर जाते थे। कुल बारह कमरे थे। बैठक, खाने का कमरा, लालान्न कक्ष की नकल बनाई गई थी लेकिन विशाल पैमाने पर। मेरा बड़ा मन था कि यह प्रदर्शनी कई हफ्ते चलती लेकिन ऐसा सम्भव नहीं था। यह भी सुनो कि सारे अखबार, रेडियो, टेलीविजन सबने सिर्फ इसी के बारे में बात की। कितनी इच्छा हुई कि तुम भी वहाँ होते। फिलिप ने मेरी बड़ी मदद की, उतने ही बढ़िया तरीके से जैसे वह तुम्हारे साथ करता था। मुझे वह बहुत पसन्द है।

अब नीलामी के बारे में बात करते हैं। मैं तुम्हें आँकड़े नहीं बताऊँगा क्योंकि उन्हें तुम कभी जानना नहीं चाहते थे। मैं तुम्हें सिर्फ इतना कहूँगा कि हमने सारे कीर्तिमान तोड़ दिए। हर क्षेत्र में; और यह दर्शाता है, अगर यह देखने की जरूरत है, कि हमने धोखा नहीं खाया। मैंने गोया को जैसा कि तुम चाहते थे, लूव्र संग्रहालय को दे दिया और बर्न-जोन्स की कपड़े पर चित्रों वाली शृंखला (tapestry schies) को ओरसे संग्रहालय को। मैंने ल सौंत्र पौंपीदू को शिरिको की 'ल् रवनौ' हासिल

करने में मदद की। इन सबके साथ मैं यह भी बताना चाहता हूँ कि मातीस की 'ले कुकूस' और इलीन ग्रे की कुर्सी ने सारे अनुमानों को धराशायी कर दिया। इस नीलामी से मुझे बहुत खुशी मिली और मुझे कितनी सारी पुरानी बातें याद आईं जैसे कि ड्यूनौ के दो फूलदान जो तुम्हारी पारखी नजरों ने बोनापार्ट मार्ग पर ढूँढ़ निकाले थे। मैंने वह अफ्रीकी टोपी—'ओआजो सेनूफो'—अपने पास रखने का निर्णय लिया है, उसे बोनापार्ट मार्ग के अपार्टमेंट में बैठक में रखूँगा। तुम्हें याद है कि वह हमने चार्ल्स रात्तों से खरीदी थी, वह पहली चीज थी जो हमने खरीदी थी। मैंने वोबौं प्लास की तस्वीरें फिर से देखीं जहाँ वह टोपी बड़ी शान से मैलेट स्टीवैंस और लालान्न बार की कुर्सियों के बीच में विराजमान है। उस वक्त हमारे पास धन नहीं था लेकिन हमें अच्छी वस्तुओं से घिरे रहना आता था। मैं तुम्हें यह भी बताना चाहता हूँ कि चीनी राशि वाली पशुओं की खोपड़ी को लेकर मुश्किल हुई। एक फर्जी संस्था ने मेरे ऊपर मुकदमा ठोंक दिया और वह हार गया। मुझे जान से मार डालने की धमकी दी गई और पुलिस ने सलाह दी कि मैं अंगरक्षक रख लूँ। यह बात मुझे बिलकुल अच्छी नहीं लगी। वे खोपड़ियाँ बेच दी गईं। क्या उनकी कीमत मिलेगी, क्या वे चीन जाएँगी? यह अलग ही कहानी है। मुझे कुछ नहीं मालूम, और मैं इसकी परवाह भी नहीं करता।

2 मार्च, 2009

कीकू—मुझे तुम्हारी बहुत ज्यादा याद आ रही है।

5 मार्च, 2009

मैंने सोचा था मैं तुम्हें मोरक्को से विस्तारपूर्वक लिखूँगा, लेकिन नहीं हो पाया।

13 मार्च, 2009

आज मुझे वारहोल प्रदर्शनी, जो कि ग्रैंड पैलेस में आयोजित होनेवाली है, को लेकर कुछ दिक्कतें हुईं। एक महाआयुक्त जिसे अभी बहुत कुछ सीखना बाकी है, उसने तुम्हारी तस्वीरों को उस खंड में रखने का निर्णय लिया जिसका नाम 'ग्लैमर' रखा गया है। उसे कोई बेहतर जगह नहीं मिली थी। ऐसा हो जाता तो तुमने खुद को उन फैशन डिजाइनरों के बीच पाया होता जिनमें से कुछ का तुम उपहास करते थे। तुम मेरी प्रतिक्रिया की कल्पना कर सकते हो। या तो वह महाआयुक्त कोई और जगह ढूँढ़ता या तो मैं ये चित्रकृतियाँ वापस ले जाता। वह कुछ भी नहीं सुनना चाहता था और मैंने उनको वापस ले लिया।

हमने सारी जिन्दगी खुद को दूसरे डिजाइनरों और जिन्हें तुम 'खिचड़ी' डिजाइनर कहते थे, के साथ मिलाए जाना स्वीकार नहीं किया। प्रदर्शनी के लिए खेद है मुझे। ऐंडी कितना हँसता इस बात पर।

ऐंडी फ्रेड और जेड के साथ मराकेश में बिताए हुए वे दिन याद हैं तुम्हें? तुम्हें वह शाम याद है जब हमने मदीना घूमने के लिए तीन घोड़ों की बग्घियाँ किराए पर ली थीं जिनमें से एक संगीतकारों से भरी हुई थी? मुझे कितनी याद आ रही है वह घटना जब तुम और ऐंडी माजून खाने के बाद नशे में थे। जाहिर है खासतौर से तुम। यकीन नहीं होता कि एक ऐसा भी समय था जब हम इतने खुश थे, इतने बेफिक्र। जेड भी एक निराला आदमी था। मुझे वह बहुत पसन्द था और मुझे बहुत तकलीफ हुई जब न्यूयॉर्क से उड़नेवाले विमान की दुर्घटना में उसकी मृत्यु हो गई। फ्रेड की अलग ही बात थी। वह घमंडी और उच्चवर्गीय था। वह दार एल आन्श का युग था।

कॉनी और दोमिनिक ने मारसो मार्ग पर स्थित तुम्हारे स्टूडियो को व्यवस्थित करने का काम शुरू कर दिया है। उनको बहुत सारी चीजें मिल रही हैं। कितनी सारी डिजाइनें। हर बार एक अद्‌भुत दृश्य होता है। तुम कितने प्रतिभाशाली थे!

कल मैं दाचा (एक प्रकार का रूसी मकान) देखने बेनरवील गया। काम आगे बढ़ा है। तुम्हें इस अद्‌भुत जगह से कितना प्यार था। हालाँकि मैं बीते वक्त की हर याद से दूर रहने की पूरी कोशिश करता हूँ लेकिन मैं यह दाचा और इसके दुर्लभ

वातावरण को सुरक्षित रखना चाहता हूँ। यह एक 'फिजूलखर्ची' है जैसा कि लोग निजी वास्तुकला वाले बँगले के लिए कहते थे। यहाँ का काम कुछ समय तक चलेगा। बाहर, जहाँ पर न तो बगीचा है न ही पार्क, मैडिसन ने शानदार काम किया है। और इस तरह से कि लगता नहीं है कि वहाँ कोई छेड़खानी की गई है। मुझे लग रहा है कि वहाँ अकसर जाया करूँगा। देखते हैं।

14 मार्च, 2009

मैं तुम्हें फ्लौर कॉफीहाउस से लिख रहा हूँ। मैंने दो आधे उबले अंडे और हरी चाय ली। मुझे एक साक्षात्कार देने ग्रैंड पैलेस जाना है। तुम्हारे चित्र वापस लेने के फैसले ने खलबली मचा दी है। लेकिन शिक्षा के क्षेत्र के किसी आदमी के लिए, जो कि स्वयं को वॉरहोल का विशेषज्ञ समझता हो, यह बात बहुत सामान्य है। सम्भवतः अत्यधिक सामान्य। मुझे वॉरहोलवाद पर ज्ञान देना काफी हास्यास्पद बात है। कोक्तो सही कहता था : बर्तन सुखाने के कपड़े को तौलियों के साथ मत मिलाओ क्योंकि बर्तन सुखाने के कपड़े हम लोग हैं और इस पर हमें गर्व है। तुम्हारे चित्रों को दरअसल 'बो लैंज' (उच्चतम सामाजिक स्तर) वाले अनुभाग में ही रखा जा रहा था।

बसन्त ऋतु धीरे–धीरे आ रही है। मेरे घर में अभी भी काम चल रहा है। सच कहूँ तो इससे मुझे फर्क नहीं पड़ता। कल मैं

बेबीलोन मार्ग पर जा रहा हूँ तुम्हारा सामान निकालने और उन चीजों से अलग करने जो मैं तुम्हारी तरफ से तुम्हारे दोस्तों को दूँगा। मुझे वहाँ जाने में तकलीफ होती है क्योंकि वहाँ की हर चीज मुझसे तुम्हारे बारे में बात करती है। अच्छा सुनो! मुजीक ठीक है, फिलिप को जानवरों के एक डॉक्टर ने बताया है कि मुजीक को सुखाए हुए मेवे खिलाए जाएँ और उसने यह भी कहा है कि उसे मुर्गा व सब्जियाँ न दी जाएँ। यह तो मैं भी बहुत लम्बे समय से चाहता था। आह, मेरे प्यारे ईव तुम्हें कुछ समझाना कितना मुश्किल था और तुम कितने जिद्दी थे। मेरी टेलीफोन पर तुम्हारी माँ से बात हुई। वह शान्त लग रही थीं। मैं उनको मिलने जाऊँगा, हिसाब-किताब बराबर करने का समय निकल चुका है। मुझे लग रहा है कि वह सोचती हैं कि उनका तुम्हारे साथ एक खास रिश्ता था। उनको गलत साबित नहीं किया जाए और उनके बचे हुए जीवन को इसी भ्रम में बीतने दें। सच सिर्फ उन्हीं का होता है जो सच को जानते हैं, बाकी लोगों को अधिकार है कि वह उस सच को अपना मानें जो उन्होंने अपने लिए निर्मित कर रखा है।

15 मार्च, 2009

बहुत बढ़िया मौसम है। मैं सप्ताहान्त में हमेशा दुखी रहता हूँ। इसी दिन तो हम पहली बार मिले थे। एक जमाने में मैं

तुम्हारे लिए फूल लेकर आता था। एक दिन तुमने कहा कि तुम्हारे पास बहुत ज्यादा फूल हैं, तो मैंने वह सिलसिला बन्द कर दिया।

लोग 'कान' फिल्म समारोह की बात कर रहे हैं। 1958 वाला समारोह याद है तुम्हें ? बर्नार्ड निर्णायक समिति का सदस्य था और तुम हम लोगों को ढूँढ़ते हुए—मुझे ढूँढ़ते हुए वहाँ आ गए—हर समझदारी को दरकिनार करके। हमारी जान-पहचान कुछ दिन पहले हुई थी। हमने हर फिल्म एक-दूसरे के बगल में हाथ में हाथ डालकर देखी थी। वे थोड़े मुश्किल दिन थे चूँकि हमें एकान्त नहीं मिल पाता था लेकिन फिर भी हम खुश थे। मुझे नहीं पता कि उस जमाने की फोटो कहाँ है। तुम कितने पतले थे! मैं भी कुछ दिन पहले सेप्टीसीमिया से पीड़ित था।

21 मार्च, 2009

कल बसन्त ऋतु का पहला दिन था। लालान लोग अकसर एक पार्टी आयोजित किया करते थे और लगभग हर बार हम ठंड से मर रहे होते थे। कल मैं मैडिसन के साथ बेनरवील जाऊँगा दाचा का कुछ काम करने। मुझे नहीं पता दाचा के चारों तरफ की दो हेक्टेयर भूमि को क्या नाम दूँ। वह न तो पार्क है, ना ही बगीचा। बल्कि एक किस्म का परिवर्तित किया हुआ जमीन का एक टुकड़ा है जिस पर सेब के पेड़ लगे हैं, किनारों पर हॉरटेसिया

के पेड़ हैं जो कि स्पेन में बहुत होते हैं। जो भी हो उसको खूबसूरत दिखना चाहिए।

मैं यानिक हेनेल की एक किताब पढ़ रहा हूँ। इस लेखक को मैं पसन्द करता हूँ और मैं एक किताब फ्रॉन्स्वा मेरोनिस की भी पढ़ रहा हूँ। श्रृंगारिकता देह, कामुकता क्या होती है? यह वाक्य बिलकुल सटीक है : "जिसे कामुकता कहा जाता है उस चीज को सुलभ बनाने से कामोत्तेजकता की विलासिता तक जानेवाले सब रास्ते निश्चित रूप से बन्द हो गए हैं।" मुझे कामोत्तेजकता की विलासिता की यह संकल्पना बहुत पसन्द है। देह को काम से अलग करने का यह विचार मुझे अच्छा लगता है, जैसे मुझे इस किताब में आया देलज़ का यह वाक्य अच्छा लगता है : "प्रेम की यह संकल्पना बड़ी दुखद होगी यदि उसे सिर्फ दो लोगों के बीच का सम्बन्ध ही कहा जाए।"

मैं तुम्हें यह सब सिर्फ इसलिए बता रहा हूँ क्योंकि मुझे विश्वास है कि कभी-कभी तुम और मैं उस क्षण तक पहुँचे थे जो हमें मुक्ति तक ले गया था। यह सिर्फ इसी कारण है कि मुझे समलैंगिकता पसन्द है और जबकि तुम यह बात जानते हो कि मुझे धर्म परिवर्तन से नफरत है। मुझे समलैंगिकता पसन्द है क्योंकि मेरी नजरों में एक समलैंगिक स्वयं को दूसरे में ढूँढ़ता है। अपना सामना खुद से ही करता है और कभी-कभी खुद को पा लेता है। द्यूरास से चूक हो गई थी, 'ला मालादी द ला मॉर' से साबित होता है कि समलैंगिकता उससे नजरअन्दाज हो गई थी। 'मिश्रण' की यह संकल्पना मेरे लिए अपरिचित है, उतनी

ही जितना कि नारसीस और सुन्दर नवयुवती इको की शिक्षाप्रद कहानी जो ओविद ने बताई है। इसका कोई वजूद नहीं है। न तो समलैंगिकों में और न ही विषमलैंगिकों में। किसी भी कीमत पर एक रिश्ता बनाना जो सिर्फ सामाजिक हो, इसका कोई मतलब नहीं है। प्रेम का पहला कदम स्वयं के आदर से होकर गुजरता है। स्टरनर भी यही बात कहता है और इस विषय पर वह हेगेल से भिन्न है।

वास्तव में हम, हम दोनों ने दो समानान्तर जीवन बिताए हैं और तुम्हारा अभिमान इस हद तक था कि तुम्हारी युक्लीडियन ज्यामिति में तुम कभी भी मुझसे नहीं मिलनेवाले थे। हाँ, दो समानान्तर जीवन किन्तु जिन्होंने एक दूसरे को पूरा किया। हम दोनों स्वच्छन्द शारीरिक रिश्तों के खतरों से बचे रहे। यह हमारी खुशकिस्मती रही!

23 मार्च, 2009

एक काली लम्बी निद्रा
मेरे जीवन में छा रही है :
सो जाओ, सब आशाओ,
सो जाओ, सब इच्छाओ!

—वेरलेन

25 मार्च, 2009

मैं चाहे जितना ढोंग कर लूँ कि कुछ नहीं हुआ, मैं तुम्हें टेलीफोन करने जा रहा हूँ जैसा सारा जीवन हम करते रहे, तुम मेरे दफ्तर का द्वार खोलोगे, हर बार की तरह बड़ी सावधानी से, तहजीब से, और मैं खुद को नहीं सँभाल पाऊँगा : तुम्हारी अनुपस्थिति से मैं हमेशा संघर्ष करता हूँ। वह मेरे ऊपर कहीं भी और कभी भी हमला कर देती है। तुम सर्वव्यापी थे और अभी भी हो। मेरा विश्वास करो, इस नीलामी और वॉरहोल घटना ने कुछ भी नहीं बदला।

मैं तुमसे आध्यात्मिक अनुपस्थितिकी नहीं बल्कि इसके विपरीत शारीरिक अनुपस्थिति की बात कर रहा हूँ। वास्तविक अनुपस्थिति की। एक विरोधालंकार की तरह। मैं जानता हूँ कि तुम मुझे समझ रहे हो। तुम जो स्वयं को जीवन से दूर कर लेते थे, जिसने यथार्थ से इतनी दूरी बना ली थी। क्या यह तुम्हारे लिए एक खेल नहीं था? लोग यह जानने के लिए उत्सुक हो सकते हैं। और इसके विपरीत तुम्हारा हर वस्त्र-संग्रह क्या यह साबित नहीं करता था कि दुनिया के लिए तुम्हारी एकाग्रता खोयी नहीं थी, तुमने सब कुछ देखा था, सब कुछ समझा था। तुम्हारी दूर की नजर के चश्मे के पीछे तुम सच्चाई छिपाकर रखते थे। लेकिन हमारी अपनी गुप्त बातें थीं जिनसे वह सच्चाई एकाएक सामने आ जाती थी।

28 मार्च, 2009

कल प्लेयेल में एक उत्कृष्ट संगीत समारोह देखा। चुंग अपने वादक समूह का मुख्य संगीतकार था और उसने बरलियोज का 'ला फॉतास्तीक' अपने निर्देशन में बजाया। मैं सदैव अचम्भित हो जाता हूँ कि इतनी सूक्ष्मता संगीत की संवेदनशीलता को फीका नहीं कर पाती। बूले, काराज़ाँ, क्लाइबर, फर्टवैंगलर इत्यादि की तरह।

यह कलाकारों की खासियत होती है : शुद्धता को पराकाष्ठा की दिशा में विकसित करने से ही शिखर पर पहुँचना सम्भव हो पाता है। ऐसे लोग दुर्लभ हैं, हर क्षेत्र में, जो कि इन क्षणों तक पहुँच पाते हैं। तुम उन्हीं में से एक थे।

6 अप्रैल, 2009

साल्जबर्ग में तीन दिनों से हूँ। साल्जबर्ग जिसको तुम इतना पसन्द करते थे। मैं बीमार हूँ, अपनी पुरानी एलर्जिक साइनाइटिस तुम तो जानते हो, की वजह से बिस्तर पर हूँ। शहर की सारी औषधियाँ मेरे शरीर में हैं। 'सांगफ्रीद' नहीं देख पाया, जैसा कि लोग कह रहे हैं, बहुत सुन्दर था। कोशिश करूँगा कि आज शाम को किसी तरह खुद को खींचकर एक संगीत समारोह में ले जाऊँ। साल्जबर्ग में हमारी पहली यात्रा, याद है तुम्हें ? लेओंतीन

ग्रीस और काराज़ाँ का 'त्रोवातोर' देखा था। देखकर हम दोनों पागल हो गए थे। क्या यादें हैं। सबसे खूबसूरत यादों में से एक। हम कितनी बार वहाँ फिर से गए। हम स...को ले गए थे जिसने खुद को टेलीग्राम भिजवाकर आकस्मिक हालात में पेरिस लौटने का नाटक किया था क्योंकि उसको एक तो संगीत पसन्द नहीं आ रहा था और दूसरे उससे होटल की मालकिन, वालदरदार्फ, ने निवेदन किया था कि वह अपनी आइसक्रीम, जो कि उसने बाहर सड़क से खरीदी थी, बाहर ही जाकर खा ले और उनके होटल की फर्श पर वह आइसक्रीम न टपकाए। तुमने मुझे पहले ही इस महिला से सावधान रहने को कहा था। तुम सही कह रहे थे। इसी शहर में तुम्हें बकल वाले ऑस्ट्रियन जूतों को रूपान्तरित करने का विचार आया था। तुम्हारे जूते रौजर वीविये ने बनाए थे और उसने बाद में खुद ही उस रूपान्तरण का श्रेय ले लिया। तुम्हें याद है और याद रखने का कारण भी है, अन्तःवस्त्रों की वह दुकान जो तुम्हें बहुत आकर्षक लगती थी। साल्जबर्ग से कितनी यादें जुड़ी हुई हैं। सबसे प्रमुख संगीत की यादें—हम वागनर द पाक महोत्सव के संस्थापक सदस्य थे—फिर उन दोस्तों की यादें जो वहाँ पर थे। झील के किनारे दोपहर के खाने की यादें, मछली के उस व्यंजन की, 'ताफेलस्पिटज' की, लुई द्वितीय किले की और निस्सन्देह सहवास की यादें। बहुत सालों से तुम यहाँ आने के लिए मना करते रहे। मुझे तुम्हारी कमी बहुत ज्यादा महसूस हुई।

10 अप्रैल, 2009

मादरिद वह शहर जिससे मुझे प्यार है। मैं यहाँ मैडिसन के साथ हूँ। फिर मराकेश जाऊँगा। कल सेवील, फिर कौरदू और ग्रेनाद। एक रात जिबराल्तर में और फिर मोरक्को। कल प्रादो में बहुत देर तक रहा। तुम मुझे जानते हो, मैंने सब कुछ देखा, हर चीज पर ध्यान दिया और हर बार जादू-सा छा जाता था। यह कहा जाता है, लेकिन क्या इस पर विश्वास करना चाहिए कि 'ल कोलोस' और तथाकथित 'पेन्च्यूट नोआर' गोया की रचनाएँ नहीं हैं। हमारी वाली चित्रकला का परीक्षण करने जो विशेषज्ञ आए थे उन्होंने मुझे यह बताया। चाहे जो हो, मुझे यह बात काफी अजीब लगती है कि उसकी मृत्यु के लगभग दो सौ वर्ष बाद उसकी कृतियों के एक बड़े हिस्से पर प्रश्नचिह्न लगाया जा रहा है। जैसा कि तुम्हें याद होगा, रॉम्ब्रौंड्ट के साथ भी यही किया गया था और कुछ संग्रहालय और संग्रहकर्ता काफी क्रोधित हुए थे क्योंकि उसके बहुत बड़े रचना समूह को ढंग से हिला दिया गया था।

निकलने से पहले, मैं लूव्र गया था—हमारी प्रिय गुलाबी सन्तान को देखने। जैसा कि हम उसे बुलाते थे उस नीले वाले से फर्क करने के लिए जो कि न्यूयॉर्क स्थित 'मेट्रोपोलिटन म्यूजियम ऑफ आर्ट' में है। प्रादो में मैं रिबेरा की श्रेष्ठता से स्तम्भित रह गया, जिसको कि हमारे यहाँ लोग ठीक से जानते भी नहीं। वह पारखी नजर वाला ऐतिहासिक चित्रकार है। इस

प्रकार से तो गोया भी बुरा नहीं है और यदि मैं स्पेन के राजसी परिवार का सदस्य होता तो खुद को एक बीमार–सी सूरत वाले के साथ पाकर मुझे खुशी न मिलती। हम तीन छोटी लेकिन दिलचस्प संस्थाओं में गए जिसमें श्रेष्ठतम और निकृष्टतम दोनों ही बातें थीं। कुछ गोया की चित्रकला कुछ लिमोज की इनैमेल कला जो हमारे यहाँ भी हो सकती थी। मुझे एक छोटा सा बगीचा खासतौर पर पसन्द आया जो कि 19वीं शताब्दी के अन्त और 20वीं शताब्दी के आरम्भ के एक चित्रकार का था जिसका नाम मैं भूल गया हूँ। मैं आशा करता हूँ कि टैन्जियर का बगीचा उसी की तरह लगेगा। आज्यूलजोस बेंचें, गोपनीय फव्वारे, लताओं से छाए हुए गुप्त मंडल।

12 अप्रैल, 2009

हम सेवील में हैं। मैं यहाँ एक बार तब आया था जब मैं ओपेरा का अध्यक्ष था और एक सज्जा मंच ढह गया था। एक मृत्यु, कई घायल। मैं इन लोगों को कभी नहीं भूलूँगा, संगीतकार, गायक, तकनीशियन अविश्वास और शोक से थके हुए। मैं इस यात्रा से सहमा और बुझा हुआ वापस लौटा। आज सेविल में धूप खिली हुई है। यह दक्षिण है, सड़कें प्रसन्नचित्त और स्वच्छन्द जनसमूह से भरी हैं! यह धार्मिक त्योहार का पावन सप्ताह है जिसे मेरे खयाल से, कम ही मनाया जाता है। रेस्टोरेंट

में छह माह से कम आयु के सूअर के बच्चे का व्यंजन परोसा जाता है।

तुम जानते हो कि अरब का प्रभाव स्पष्ट है। तुम जानते हो कीकू, इन सारे क्षणों को स्वीकार और सहन करना मुश्किल है; यहाँ पर हूँ और तुम्हारे साथ कुछ भी नहीं बाँट सकता। कभी-कभी दोषी महसूस करने लगता हूँ। मुझे लगता है कि मुझे तुम्हारे ऊपर दबाव डालना चाहिए था, तुम्हें जबर्दस्ती अपने साथ ले जाना चाहिए था, तुम्हारी राय पूछनी ही नहीं चाहिए थी। एक दिन किसी ने तुमसे मेरे सामने पूछा कि तुम अब मेरे साथ साल्ज़बूर्ग क्यों नहीं जाते हो? तुमने जवाब दिया, "क्योंकि पियर मुझे लेकर नहीं जाता।" यह हज़म करना मेरे लिए मुश्किल था। मैंने अकसर इस कपटी, उन्मत्त वाक्य के बारे में सोचा और तुम्हारे प्रिय दुराग्रह को इस वाक्य का ज़िम्मेदार ठहराना उचित समझा। और यदि मैंने यही किया होता तो? अगर मैंने जोर दिया होता कि तुम मेरे साथ चलो, साल्ज़बूर्ग या कहीं और। तुम्हारी क्या प्रतिक्रिया होती? बदकिस्मती से तुमने इनकार ही किया होता।

आज सुबह तड़के, कच्ची नींद में मैंने तुम्हारे बारे में सोचा। शहर जगा हुआ था, मुझे घोड़ों का शोर सुनाई दे रहा था जो कि हरे रंग की एक गाड़ी को जिसमें पीले रंग के पहिए थे, खींच रहे थे। असल में मैंने हमारे बारे में सोचा, ग्रीस में हमारी प्रथम यात्रा के बारे में। हम युवा थे। तुम्हारी इच्छा हुई, यह उन सनकों में एक थी जिन्होंने ताउम्र तुम्हारा पीछा किया, अपने

बाल हलके रंग में रँगने की। हमने एक उपयुक्त पदार्थ खरीदा। सब कुछ ठीक चल रहा था जब तक कि तुम समुद्र में नहीं कूदे, समुद्र में जाते ही तुम्हारे बाल हरे रंग के हो गए। बस फिर घबराहट और व्यग्रता। फ्रांस के दूतावास में रात्रिभोज में सम्मिलित होने के लिए हमें हालात को ठीक करना पड़ा। फिर एक नया पदार्थ और एक नया शैम्पू। इस बार बालों का रंग गाढ़ा भूरा था और हमने दोबारा कभी भी बाल पर प्रयोग न करने का निर्णय लिया। यात्राएँ अकसर जटिल होती थीं। सिसली में, बहुत पुरानी बात नहीं हैं ये। तुम ला रोज़ा दोरो पुरस्कार लेने आए थे जो कि शिलिदा ने अपने हाथ से तुम्हें दिया था और तुम यहाँ से लौटे थे टूटा हुआ कन्धा लेकर जिसको फिर दोबारा कभी नहीं जुड़ना था। कुछ समय बाद तुमने अपने घर के बाहर की सीढ़ियों पर दूसरा कन्धा भी तुड़वा लिया और फिर अन्त तक तुम विकलांग रहे। फिर भी मुझे यह स्वीकार करना पड़ेगा कि तुम्हारी हिम्मत मुझे विस्मित कर देती थी। एक हाथ खपच्ची में डाले, पालेर्म में तुमने शिलिदा के वे जोरदार शब्द बोले और फिर हवाई जहाज में, जो मैंने बुलवाया था, आपातकालीन स्थिति में अमरीकी अस्पताल के लिए रवाना हो गए। आह! मैं कितनी अच्छी तरह से जानता था अमरीकी अस्पताल को। अगर एक साथ सारा समय जोड़ें तो, तुमने वहाँ कई महीने बिताए। आखिरकार यह जगह तो तुम्हारे लिए एक प्रकार की शरणस्थली थी जिससे तुम जीवनपर्यन्त जुड़े रहे। वहीं पर तुम्हारे कैंसर के बारे में पता चला। वहीं पर मुझे पता चला कि अब कोई उम्मीद नहीं बची।

मैं तुमसे कह रहा था कि अरबी प्रभाव स्पष्ट था। सेविल की मुझे यही बात पसन्द है। अरब की कला और संस्कृति। इस सभ्यता की अविश्वसनीय प्रभा जिसने कई शताब्दियों का सफर तय किया। मोरक्को में जो चीज अच्छी तरह से दिखाई देती है वह दरसअल, किसी मायने में, अरब लोगों ने जो स्पेन में किया है, उसकी नकल है।

मैंने अकसर तुम्हारे सामने ऐसी बातें करने से खुद को रोका है जो तुम्हें चोट पहुँचा सकती थीं। मैं समझ गया था कि तुम्हारी स्पष्टता के बावजूद तुम अपने परिवार की आलोचना करने के लिए तैयार नहीं थे। तुम जानते थे कि वे लोग संस्कृति से विहीन हैं और तुम्हारी महत्त्वाकांक्षाओं से दूर हैं किन्तु तुम इस बारे में बात करना पसन्द नहीं करते थे। उपनिवेशवाद एक गन्दगी है। यह बात मैं हमेशा से जानता था। जब से मैंने आन्द्रे वियोलिस की पुस्तक 'इन्दोशीन एस.ओ.एस.' पढ़ी तभी से। अल्जीरिया के युद्ध को इस घृणित फतह का अन्त करना ही था जिसमें तुम्हारे अपनों ने सम्मान कमाया था। मैंने 121 के घोषणा-पत्र पर हस्ताक्षर नहीं किए, जॉन पौल फोर के आग्रह के बावजूद, तुम जानते हो इस बात को, जिससे कि मैं तुम्हें देखने रोज वाल-द-ग्रास आता रहूँ। मुझे इस बात का सदैव पश्चात्ताप रहा। मैं दरअसल यह कहना चाहता हूँ कि स्पेन की इस यात्रा के बाद मेरी आस्था और भी मजबूत हो गई और अरब संस्कृति के लिए मेरी प्रशंसा और बढ़ गई। और फिर, धर्मन्यायाधिकरण और कैथोलिकवाद भयानक था जिसने एक ढक्कन की तरह

पूरे यूरोप को ढक लिया। मैं दंग रह जाता हूँ यह सोचकर कि ओरौ में मदीना को 'हब्शियों का गाँव' कहा जाता था।

तुम अल्काज़ार की खूबसूरती का अनुमान भी नहीं कर सकते, ज़ैब और ज़ैलीज का मिश्रण, जुआल की गूढ़ भीतरी छतें। जहाँ तक बगीचों का सवाल है, वे मशहूर हैं। फव्वारे, जौजा सिंचाई की नहर सब एक के बाद एक आती हैं। ये सब मनमोहक हैं और साथ ही साथ गहन कार्य का नमूना भी हैं। एक बार फिर मुझे लग रहा है कि काश तुम होते। लेकिन मैं अपने युवाकाल के ईव से बात कर रहा हूँ। वह जो हर चीज के लिए तैयार था। चंचल, बुद्धिमान, प्रतिभाशाली, सब कुछ पसन्द करने के लिए स्वतंत्र, सदैव उपलब्ध, जिसको सराहना करना आता था। उस ईव से मुखातिब नहीं हूँ जो तुम बन गए थे जब शराब और मादक पदार्थों ने तुम्हारी शक्तियों को पहले आपस में बाँटा और बाद में उन्हें तबाह कर दिया। आखिरी के सालों वाले ईव से भी नहीं जिसने खुद को एक चिड़चिड़ा, अपने में बन्द, शोकाकुल, आनन्दरहित और इच्छाविहीन इनसान बना लिया था। यह इनसान जिसकी तुमसे इतनी कम समानता थी, तुम्हारी ढाल था तुम्हें जीवन और दूसरे लोगों से बचाने के लिए। मैंने इसको प्रेम नहीं किया। लेकिन मैं तुमसे प्रेम करता था, इसलिए मैंने इसको स्वीकार कर लिया और एक बार पुनः मैंने तुम्हें यह किरदार निभाने में मदद की। मैंने खुद को कभी तुम्हारे रास्ते की रुकावट नहीं बनने दिया। मैंने अपनी भावनाओं को दूसरों के साथ बाँटने और उस जीवन को तुमसे दूर रखने

की आदत बना ली जिसमें तुम्हारी दिलचस्पी खत्म हो चुकी थी। विश्वास करो, मैं तुम्हें यह बिना दुख के नहीं लिख रहा हूँ। मैंने सदैव यह सोचा कि तुम बहुत कष्ट झेल रहे हो। तुम यह कहते थे और मैं उस पर विश्वास कर लिया करता था। वह दुख की शाम जो बाद के वर्षों में तुम्हारे चेहरे पर घिर आई थी वह असहनीय थी, लेकिन फिर भी यह जरूरी था कि काम चलता रहे और मैं यह बहाना करूँ जैसे मुझे कुछ पता ही नहीं। वह दुख हर पल वहाँ था और कोई भी बात उसे हरा नहीं पाती थी। वह गहरी उदासी, वह काला पित्त तुम्हें धीरे-धीरे खा रहा था और वह उन तक भी पहुँच जाता था जो तुम्हारे नजदीक आते थे। लेकिन दूसरों को तुमसे इतनी दूर से मतलब होता था कि तुम उन पर ध्यान ही नहीं दे पाते थे। हर कोई पूरी कोशिश करता था कि तुम चाहे मनोरंजन न कर पाओ, तो भी कम से कम जीवनचर्या में थोड़ा-बहुत हिस्सा तो ले ही लो...रोजमर्रा की मामूली जिन्दगी में। लेकिन इतना भी तुम नहीं कर पाते थे। तुमने अविश्वसनीय खाने की लालसा और बूलीमिया में शरण ले ली थी। तुम अपने शरीर पर इतना गर्व करते थे, वह गर्व के लायक भी था। इतनी नफरत हो गई तुम्हें इससे कि तुमने इसको विकृत बना दिया। ''मैं एक राक्षस जैसा दिखता हूँ,'' तुम मुझसे कहा करते थे और वह सच भी था। स्वपीड़क कामुकता के साथ तुम इतनी कुशलतापूर्वक खेले कि उसने अपना बदला ले लिया था। इसी ने तुम्हें, निश्चित रूप से इन वर्षों में तुम्हें नष्ट किया। पहले शराब और मादक पदार्थ

और फिर भोजन। मुझे हमेशा से पता था कि काफी हद तक भोजन वाला प्रसंग मेरे विरोध में किया गया था। मुझे यह जताने का एक तरीका कि "तुमने मुझसे ड्रग्स और शराब छीन ली। मैं इसका बदला लूँगा।" तुम यह नहीं जानते थे कि इसके पहले शिकार तुम ही होओगे। तुम बचकाना थे और तुम्हारी युक्तियाँ भी बचकाना थीं। इस कारण भी मैं तुमसे प्यार करता था।

13 अप्रैल, 2009

आज सुबह मैं तुम्हारे बारे में सोच रहा था और कह रहा था कि तुम्हारे पास रहते हुए मेरा सारा जीवन तुम्हें हर चीज से बचाने में व्यतीत हो गया। कोई बात तुम्हें परेशान करनेवाली होती थी, मैं गम्भीर विषयों की बात भी नहीं कर रहा, वह तुमसे छिपा ली जाती थी। एक दूसरे से कहे बगैर, फैशन हाउस में हर कोई इसी प्रकार काम करता था। तुम्हारे परिवार में भी। हम मराकेश में थे जब तुम्हारी दादी की मृत्यु हो गई। तुम्हारी माँ और बहनें नहीं चाहती थीं कि मैं तुम्हें यह खबर दूँ। तुम्हें यह खबर तभी मिली जब तुम पेरिस पहुँच गए। इस तरह के बहुत सारे वाकये हैं। आखिरी वाकया तुम्हारी मृत्यु का है। तुम्हारे ग्लियोब्लास्टोमा के बारे में तुम्हें अन्त तक पता नहीं था। क्या तुम्हें इस बारे में बता देना चाहिए था? मेरा जवाब, निस्सन्देह 'नहीं' ही है।

तुम्हारे सारे प्रयोजन व्यवस्थित थे। तुम्हारी वसीयत नोटरी के पास जमा थी, कोई कारण नहीं था कि तुम्हें यह बताया जाता। सारे डॉक्टर मेरी बात से सहमत थे चूँकि उनको पता था कि इस खबर को तुम सहन नहीं कर पाओगे। न तो तुम्हारे अन्दर इतनी हिम्मत थी और न ही शारीरिक बल। तुमने हमसे कभी एक छोटा से छोटा प्रश्न भी नहीं किया; न मुझसे, न ही फिलिप से। तुमने अन्त तक यही सोचा कि तुम टैनजियर में बार-बार गिरते रहे हो, यह उसी के नतीजे हैं जिन्हें तुम भुगत रहे हो। कहना पड़ेगा कि तुम भी काफी सख्त थे—पत्थर की उसी सीढ़ी पर तुम तीन बार गिरे थे और हर बार तुम अस्पताल से आठ टाँके लगवाकर लौटे थे। जब मैं तुम्हारे पास आया तो तुम अस्पताल में ही थे। इसलिए यह काफी आसान हो गया कि तुम्हारी सारी तकलीफों के लिए तुम्हारे गिरने को जिम्मेदार ठहरा दिया जाए। यही तुमसे डॉक्टरों ने कहा, मैंने कहा और तुमने विश्वास कर किया।

मुझे पूरा विश्वास है कि तुमने इस पर विश्वास कर लिया क्योंकि तुम अपना भय और अपनी व्यग्रता मुझसे न छिपा पाते। इसका उलटा ही हुआ होता। एक इतवार को शाम के करीब बड़े आराम से तुम्हारी मृत्यु हो गई।

हाँ, मैंने तुमको तुमसे भी बचाकर रखा। कभी-कभी आत्यंतिक ढंग से? यह बात कुछ लोग कहते हैं, कुछ दोस्त भी। लेकिन वे जानते हैं; और वे क्या जानते हैं? दरअसल बहुत ही कम बातें। क्या वे जानते हैं कि न्यूयॉर्क में पियर होटल की

खिड़की के बाहर तुम कूदना चाहते थे और मैंने तुम्हें पकड़ा। लेकिन एक बार तो मेरी पकड़ बिलकुल छूट ही गई थी, तुम इस कदर बाहर लटके हुए थे। एक बार फिर से आँवैर्स में? क्या वे जानते हैं कि एक बार तुम पुलिस की बस के नीचे आने के लिए जोर से भागे और बाल-बाल बचे, पुलिस वाले तेजी से नीचे उतरे, तुम्हारे ऊपर खूब चिल्लाए और मुझे सलाह दी कि मैं तुम्हारा इलाज करवाऊँ? ऐसी बहुत सी घटनाएँ हुई थीं। यह किरदार, मैं जानता हूँ कि मेरे ऊपर बिलकुल ठीक बैठता था। तुम्हारा किरदार तुम्हारे ऊपर सही था। तुमने निश्चय कर लिया था कि तुम मृत्यु के प्रेमी बनकर रहोगे।

मैंने सोचा है कि तुम्हारी मृत्यु की पहली पुण्यतिथि पर एक धार्मिक सभा होनी चाहिए। मैं सोच रहा था कि इसके लिए क्या करूँ, फिर मुझे याद आया कि पिछले साल कितने सारे लोग थे जो राष्ट्रपति की सुरक्षा की वजह से गिरजाघर के अन्दर नहीं आ पाए थे। इस प्रकार उनको धन्यवाद भी दे पाएँगे।

आज सुबह सेवील के मैदान में स्थित एक गिरजाघर में मैंने तुम्हारे लिए एक मोमबत्ती जलाई। जब मैं कह रहा हूँ तुम्हारे लिए, यह तो बात करने का एक तरीका है। मुझे यह कहना चाहिए तुम्हारे स्थान पर मैंने मोमबत्ती जलाई चूँकि तुम जानते हो कि मैं पूरा नास्तिक हूँ। मैं यह भी कहूँगा कि पोप का व्यवहार मुझे बड़ी आसानी से पादरी विरोधी बना देगा, लेकिन तुम अपनी दादी के लिए, अपने वस्त्र-संग्रहों की सफलता के लिए, मुजीक के लिए, अपने लिए और शायद मेरे लिए

मोमबत्तियाँ जलाते थे। इसलिए मुझे यह कहने में दिक्कत नहीं हुई। मैंने पहले भी मोमबत्तियाँ जलाई हैं, चाहे इसके बारे में तुम्हें बताया न हो।

14 अप्रैल, 2009

सेवील से तोलेद का रास्ता बहुत सुन्दर है। तोलेद एक अरब यहूदी कैथलिक शहर है। कैथलिक लोग कहते हैं कि उन्होंने सब कुछ सुरक्षित रखा है, जबकि सच्चाई तो यह है कि उन्होंने सब कुछ नष्ट कर दिया है और मस्जिदों के बीच गिरजाघर बनाकर एक तरह से अरब लोगों का अपमान ही किया है।

स्पेनिश चित्रकला में सबसे प्रमुख स्थान जुब्रारान का है। अपने विषय से वह जो दूरी बनाकर रखता है वह उल्लेखनीय है। बाकी चित्रकार अपनी विषयवस्तु से एक संवेदना रखते हैं, वह कुछ भी नहीं रखता। उसकी तूलिका कैनवस के ऊपर अकेली ही फिसलती है। न तो उसका हृदय और न ही उसका मस्तिष्क चित्रकारी में भाग लेते प्रतीत होते हैं। और इसके बावजूद! उसका गौरवशाली, नियंत्रण अद्‌भुत है।

मैं किसी और ऐसे चित्रकार को नहीं जानता जिसके बारे में ऐसा कह सकूँ। तुम्हें चित्रों से प्यार था और कितना प्यार था, लेकिन मुझे लगता है तुम विषय में कुछ ज्यादा ही उलझ जाते थे। मातीस की ल् मारैं जो तुम ज्यूरिक की एक नीलामी में नहीं

खरीदना चाहते थे, तुम्हें वह पसन्द नहीं थी और मैं समझ नहीं सका क्यों?

तुम्हारी बात मानकर मैंने गलती की थी। उस चित्र के लिए मैं तब भी पछताया था और आज भी पछता रहा हूँ। आज मैं कोई नया संग्रह शुरू करने के लिए बहुत बूढ़ा हूँ। यह दुर्भाग्य है क्योंकि अगर मेरे पास गिने-चुने दिन न बचे होते तो मैं जानता हूँ कि मैं फिर से एक नया संग्रह बनाता। तुम पूछोगे कि इस भरोसे की वजह क्या है, मैं यह तो नहीं जानता लेकिन यह विश्वास मेरे अन्दर जमा हुआ है। मैं यह भी नहीं जानता कि मुझे यह अभिरुचि कहाँ से मिली क्योंकि इसके लिए कोई और जिम्मेदार नहीं है। मेरे परिवार का किसी भी प्रकार की कला की तरफ कोई रुझान नहीं रहा, न ही उन लोगों को इसकी कोई समझ थी। वह बदसूरत फर्नीचर, बदसूरत चित्रों और शिल्पों से घिरे रहते थे। जब मैं छोटा था, मैं पुस्तकों में आश्रय पाता था और जब मैं किसी संग्रहालय में जाता था तो कुछ खास महसूस नहीं कर पाता था। फिर क्या हो गया? शायद ब्यूफे से मेरी मुलाकात निर्णायक रही। मैं यह बात भरोसे से नहीं कह पाऊँगा। चाहे जो हो, एक दिन जैसे हमें भरोसा मिल जाता है, जैसे हमें यह समझ में आ जाता है कि अब हम एक विदेशी भाषा बोलने लगे हैं, उसी तरह मुझे समझ में आ गया कि मैं जानता था। और यह वही समय था कि मेरी तुमसे मुलाकात हुई। मुझे हमेशा लगा कि वह कोई संयोग नहीं था। तुमने मुझे सुना, मेरे ऊपर आँख बन्द करके विश्वास किया। हर चीज में तुम्हारी

मदद से मेरी नजर पैनी हुई और मेरी अभिरुचि प्रखर हुई और इन सबसे ज्यादा तुम्हारी मदद से मैंने खुद को पाया क्योंकि मैंने खुद को वहीं पर पाया—कला वस्तुओं में और खासतौर से चित्रकला में। यह विचित्र बात है क्योंकि मैं लेखक नहीं हूँ और मैंने कुछ किताबें लिखी हैं। मैं संगीतकार नहीं हूँ और मैंने वायलिन बजाया है। मैं सगीत का पृष्ठ पढ़ सकता हूँ जिसमें चिह्न, नोट इत्यादि बने हैं। जबकि ना मैंने कभी चित्र बनाना सीखा, ना उनको रँगना सीखा और फिर भी कला ही मुझे सबसे ज्यादा प्रभावित करती है। वह मेरे लिए अनिवार्य है, जिसको मैं सबसे अच्छी तरह से जानता हूँ, जो मुझे सबसे ज्यादा प्रसन्नता देती है। मैं अकसर पछताया हूँ कि मैंने कला के इतिहास का अध्ययन क्यूँ नहीं किया। क्या इससे कुछ बदल जाता? इससे चित्रकला को न तो मैं ज्यादा प्यार करता ना ही कम। मुझे शिक्षा पद्धति और उससे मिलती-जुलती हर चीज से नफरत है। प्रेम करने के लिए सब कुछ भूल जाना चाहिए। मैंने इस काम को निरन्तर किया है।

15 अप्रैल, 2009

ग्रेनाड पहुँचा हूँ। मौसम ठंडा और औसत है। काले बादल पर्वतों में विलीन हो रहे हैं। तुम्हें मराकेश में कुछ बर्फीले ईस्टर याद हैं? ये पुरानी बात है, हमने कुछ दोस्तों को आमंत्रित किया था

जो अजीब बात है कि हमें छोड़कर दक्षिण मोरक्को घूमने चले गए। हमारे पास कोई काम नहीं था। हमने अपना समय अन्तरंगता में व्यतीत किया। ये मोरक्कन लड़के कितने भले और खूबसूरत थे। सब फुटबॉल खेलते थे और गठीले बदन के थे। उनके साथ हमारे सम्बन्धों में न तो धन की, न ही अश्लीलता की दुर्गन्ध थी। यह हमारे लिए सेक्स पर्यटन नहीं था जिसकी हमने सदैव निन्दा की है। जैसे हमको उन लोगों से घृणा थी जो गरीबी और दरिद्रता का फायदा उठाते थे। अकसर प्रेम के बाद उनमें से कुछ लड़के अपने देश और धर्म, संस्कृति के बारे में बताया करते थे। उन सबको मोरक्को वासी होने पर गर्व था। वे अरब थे और हल्के रंग के पपोटों वाले बेरबैर भी थे।

वह वक्त अभी भी पुराने मोरक्को का था जहाँ पर फुहारा नहीं आया था, बड़े और महँगे ब्रांड्स के बारे में उन्हें कुछ पता नहीं था और उन्होंने तुम्हारा नाम तक नहीं सुना था।

16 अप्रैल, 2009

आज सुबह अल्हम्ब्रा और जनरल लाइफ के बगीचों में गया। लगभग 15 साल पहले भी मैं एक बार वहाँ जा चुका हूँ। सब कुछ वैसा ही था जैसा मेरी यादों में था—प्रशंसनीय। आज शाम हम जिब्राल्टर पहुँच गए। जब से हमने टैंजियर में मकान लिया इस चट्टान पर आने की मेरी इच्छा थी। सब कुछ अंग्रेजी है,

भाषा और मुद्रा, लेकिन साथ ही स्पेनिश भी। भवन निर्माताओं के आने से पहले यह जगह बहुत खूबसूरत रही होगी। एक स्थानीय अखबार 'जिब्राल्टर क्रोनिक' में छपा है कि एक समलैंगिक की उसके पति ने हत्या कर दी। स्पेन में समलैंगिक विवाह कानूनी है। ऐसे प्रसंगों में 'पति' शब्द मुझे हमेशा विस्मित करता है। इसमें सब पति ही तो होंगे। मुझे यह सोचना अच्छा नहीं लगता कि मेरा एक पति हो। यह शब्दार्थ विज्ञान का रहस्य है। हमने पाक्स के अनुबन्ध को आराम से और गम्भीरता से किया। इतने साल साथ-साथ बिताने के बाद हमें इसकी क्या जरूरत थी? फिर भी मैं भावुक हो गया था जब तुमने मुझसे कुछ दिनों बाद कहा कि तुम इस पाक्स से खुश हो लेकिन इससे कुछ बदला नहीं है। निस्सन्देह उससे कुछ नहीं बदल रहा था क्योंकि हम तो पहले ही दिन से पाक्स के करार में बँधे हुए थे। वह एक करार ही था जो हमने किया जब हम पहली बार मिले थे। जैसे किशोरावस्था के दो प्रेमी जो अपने हाथ में एक चीरा लगाने के बाद उसको एक-दूसरे से रगड़ते हैं ताकि उनका खून बहे और एक-दूसरे के साथ मिल जाए। मैं तुमसे दुबारा तब मिला जब मैं मार्साई से ऑर्ली आनेवाला था और तुम ऑर्ली पर मेरा इन्तजार कर रहे थे। मैंने बर्नार्ड से तभी सम्बन्ध-विच्छेद किया था। तुम इतने दुबले-पतले, युवा, सुन्दर, शर्मीले, तेजस्वी थे कि मैं समझ गया कि मैं सही कर रहा हूँ, कि हम सही कर रहे हैं कि जिन्दगी हमारे समक्ष खुद-ब-खुद खुलने जा रही है। न मुझे पता था न तुम्हें कि कैसी जिन्दगी हमारा इन्तजार कर

रही थी। वह कैसी होगी, लेकिन मुझे विश्वास था कि हम उसको मिलकर बनाएँगे। और यही हुआ भी। मैं तुम्हें कभी पूरी तरह नहीं बता पाऊँगा कि तुम्हारे समर्पण ने मुझे कितना प्रभावित किया। बात समर्पण की ही है : तुमने खुद को मुझे सौंप दिया। काश तुम जानते कि मेरे लिए कितना महत्त्व है उस भरोसे का, जो तुमने मेरे ऊपर किया इन सारे वर्षों में जिसके दौरान तुमने मुझे सारे निर्णय लेने का अधिकार, बगैर कभी हिसाब-किताब या सवाल किए, दिया।

यह अथाह विश्वास मुझे इस क्षण भी व्याकुल कर रहा है जब मैं तुम्हें लिख रहा हूँ। यह प्रेम का शायद सबसे मोहक प्रमाण है जो कोई किसी को दे सकता है। और फिर चाहे जो भी हुआ हो, इस करार पर कभी प्रश्नचिह्न नहीं लगाया गया।

यह ख्याति जो तुम्हारी थी मैं इसको तुम्हारे स्पांटिनी मार्ग के प्रथम संग्रह के पहले से चाहता था। यह ख्याति मैं तुम्हारे लिए चाहता था और तुमने वह हासिल कर ली। लेकिन इसमें गलतफहमी नहीं होनी चाहिए, अगर मैं युद्ध-सामग्री, रसद और सैन्य दस्ता तैयार करता था तो संग्राम का नेतृत्व तुम करते थे, तुम किसी साम्राज्य के सेनापति की तरह हमें अपनी अगुवाई में जीत के बाद जीत दिलाते थे। वह तुम थे तुम, जो अपनी शक्ति को युद्ध में झोंक देते थे और वहाँ से माथे पर विजय लेकर वापस लौटते थे। आह! यह विजय, मुझे इससे कितना प्यार था। कैसे मैं कीर्ति को आते हुए देखता था और वह तुम्हारी तरफ उँगली से इशारा करती थी, तुम्हें दुनिया को दिखाने के

लिए और कभी न छोड़कर जाने के लिए। वह साहस और गुस्ताखी का समय था, युवावस्था का समय था, बीटल्स लिवरपूल से आए थे, नरीव मास्को से, गोदार स्विट्ज़रलैंड से और तुम ओरौं से। हमारे पास धन नहीं था और हमें उससे प्यार भी नहीं था। विशेषकर हम उसका सम्मान नहीं करते थे, जब हमारे पास धन आ गया तब भी कुछ नहीं बदला। इस विषय पर मेरे और तुम्हारे सिवाय सच कोई नहीं जानता था। बाकी बहुत सी दूसरी चीजों की तरह। दुनिया का सारा सोना भी मिल जाए तो भी कुत्ते का जीवन नहीं जीना चाहिए, मेरी माँ ने मुझसे कहा था जब मैं छोटा था।

मैं इस वाक्य को कभी नहीं भूला। हालाँकि स्वर्ण और कुत्ते के जीवन में कोई खास सम्बन्ध नहीं। मैं तुमसे तो कुत्तों के बारे में बात नहीं करने जा रहा हूँ और न ही उस अत्यधिक और कभी-कभी हस्यास्पद प्यार के बारे में जो तुम्हारा कुत्तों के प्रति है। मैं जानता हूँ कि तुम अपने कुत्ते के लिए दुनिया का सारा सोना किसी को दे सकते थे।

17 अप्रैल, 2009

मैं मराकेश में हूँ और एक बार फिर से मेडिसन के काम को देखकर मुग्ध हूँ जो वह पिछले कई सालों से मेजोरेल के बगीचे में करवा रहा है। सुन्दर और एकदम सही। दो गमले जो तुमने

आश्चर्यजनक रंगों में रँगे थे बगीचे के रास्ते में रखे हुए हैं। अतुलनीय एंडालूसी बगीचों के बाद हमारा बगीचा मुझे निराश कर सकता था लेकिन ऐसा नहीं है। मैं मानता हूँ कि हमारा बगीचा उन बगीचों की तरह नहीं दिखता लेकिन उनकी तरह हमारे वाले में भी सूरज है और वोगनवेलिया, अमारीलिस और कैक्टस के पौधे भी।

18 अप्रैल, 2009

आज का दिन भिन्न-भिन्न उद्यमियों के साथ, उसके बाद क्रिस्तोव मार्वा के साथ बीता जिसको मैंने संग्रहालय के नवीनीकरण का काम सौंपा है। उसके पास एक सुन्दर परियोजना है लेकिन दुर्भाग्यवश संग्रहालय को कई महीनों तक बन्द रखना पड़ेगा। पर क्या फर्क पड़ता है। इस साल रमजान को भी ध्यान में रखते हुए जो कि 15 अगस्त को पड़ रहा है, सोचें तो भी कई हफ्तों तक सभी कुछ बाधित रहेगा। तुम्हें याद है जब हम मराकेश पहुँचे और हमें पता नहीं था कि उस दिन ईद थी, हम अचम्भित रह गए थे कि हमारी नौकरानी मजूवा घर पर क्यों नहीं थी? तब से लेकर हम बहुत सारे रमजान वहाँ रहे और हमें इस्लामी रीति-रिवाजों के बारे में खूब पता चल गया है। कितना सुन्दर था यह घर, दो आँगन थे, जेलीग टाइल्स से बनी बावली जिसको हमने तरणताल बना दिया था (बहुत कल्पना करके) और जिसकी

वजह से हम अगस्त का महीना गर्मी की ज्यादा तकलीफ उठाए बिना बिता लेते थे। हम दिन में बहती हुई हवा में जैसे-तैसे सोते थे और अन्तरंगता में समय बिताते थे।

24 अप्रैल, 2009

ईव, मेरे ईव, पेरिस वापसी के बाद से मैंने तुम्हें नहीं लिखा। मैं मारेला की पोती की शादी में शामिल होने के लिए मराकेश जा रहा हूँ। वहाँ पूरा हफ्ता रहूँगा। मैंने बोनापार्ट मार्ग पर फर्नीचर लाना शुरू कर दिया है। बहुत कुछ बेबीलोन मार्ग से आ रहा है जैसे कि 'शॉनेल सोफा' जिसे तुमने छोटी बैठक के लिए बनवाया था, ओआजों सेनोफों (एक कला-वस्तु), भोजन कक्ष की संगमरमर की मशालें और स्तम्भ, लुई चौदहवें का तमगा जो मेरे पास सैंट लुई द्वीप में था। मैंने मटमैले रंग का एक कोरोमंडल पारावैंट द्वीप खरीदा है जिस पर एक नर और मादा हिरन देवदार के वृक्षों के नीचे बैठे हैं। ज़ाक ग्रौंज ने मुझे कुछ कीमती सलाह दी है। उसकी मदद से मैंने शोनल के घर से आई हुई काँच की मेज को रख दिया है। एक ही चित्र है : शिरिको जो हमारे द्वारा हासिल किया हुआ पहला कैनवस था, शिरिको कमेटी द्वारा खड़ी की गई मुश्किलों की वजह से मैं उसे नीलामी में नहीं रख पाया था। पुस्तकालय के पाँच जोड़ी हिरन की चमड़ी के पर्दों को मैंने दो जोड़ियों में बदलकर बैठक में लगा दिया। यह मुझे

बहुत अच्छे लग रहे हैं और मुझे विश्वास है कि तुम्हें भी बहुत पसन्द आएँगे। मुझे ज़ेशर मील वाला वातावरण चाहिए था। मुझे लग रहा है कि वह मुझे मिल गया है। इसका काफी बड़ा श्रेय ज़ाक को जाता है।

तुम सोच भी नहीं सकते कि मुझे कितना सुकून है उन सब चीजों के बीच रहने का जो हमारी थीं, जिनको मैं इतने सालों से जानता हूँ जो मुझसे तुम्हारे बारे में बात करती हैं। पत्थर के क्रिस्टल के वे दो पिरामिड जो मेरे साथ सैंट लुई द्वीप में थे और जो पहले मिसिया सैर के थे अब वे भी यहीं पर हैं। तुम्हें याद है तुम्हें वे कितने पसन्द थे?

कागजों को व्यवस्थित करते हुए मैंने वह पत्र फिर से पढ़ा जो तुमने अपनी प्रदर्शनी 'असाधारण यात्राएँ', वाले दिन लिखा था। पत्र खत्म करते-करते मेरी आँखों में आँसू आ गए। यह प्यार का इजहार है जो तुम कभी-कभी करते थे। तुमने इस पत्र पर हस्ताक्षर ऐसे किए हैं : ''हमेशा से हमेशा के लिए तुम्हारा ईव''। यह 2006 की बात है, तुम्हारी मृत्यु से दो वर्ष पहले की। इन बातों को कहना लगभग असम्भव है, बोलने पर मेलोड्रामा लगेगा, फिर भी पहले ही दिन से हमें पता चल गया था कि यह रिश्ता हमेशा के लिए है। यही बात तुम्हारे पत्र में लिखी है। ज़ाक ब्रेल का यह गीत, 'ले विय आमों' (पुराने प्रेमी) जो कि तुम्हारी शोकसभा पर सेंट रोश गिरजाघर में गूँज रहा था, वह भी यही कहता है। इसी कारण मैंने यह गीत चुना। हाँ, हमने तूफानों को पार किया था और डूबे भी थे लेकिन इस

'हमेशा' पर कभी शक नहीं किया। एक बार, तुम यह बात जानते हो, कि मैंने मैडिसन के लिए तुम्हें लगभग छोड़ ही दिया था। मैंने ऐसा इस 'हमेशा' के कारण नहीं किया। इस 'हमेशा' ने ही मुझे तुम्हारी आखिरी साँस तक तुम्हारे साथ रखा और तुम्हारी आँखें बन्द करवाईं। इस हमेशा के प्रति मैं सदैव वफादार रहा। भले ही मुझे कभी-कभार इसकी भारी कीमत भी चुकानी पड़ी। तुम्हारे साथ, मैडिसन मेरे जीवन का सबसे अहम हिस्सा रहा। वह उस क्षण आया जब तुम परेशानियों में थे, जब शराब और मादक पदार्थों ने तुम्हें जकड़ रखा था और तुम उन्हें छोड़ नहीं रहे थे। किसी भी चीज का असर नहीं हो रहा था, न तो नशाबन्दी के इलाज का, न डॉक्टर का, न मनोचिकित्सक का, न मनोविश्लेषक का, और न मेरा ही। यह वह दौर था जब मेरे लिए नए बहाने गढ़ना असम्भव हो गया था, जब झूठ हमारी दिनचर्या का हिस्सा बन चुका था। क्योंकि नाटक करना, छिपाना, कुछ न बताना जरूरी हो गया था। वह दौर जब हम नहीं जानते थे कि तुम अपना अगला परिधान संग्रह कर भी पाओगे, या नहीं; वह दौर जब हम उतराव के करीब से होकर निकले थे, हमेशा अफवाहों और प्रेस की नजरों में रहते थे। लेकिन नियति रखवाली कर रही थी, उसने अन्त समय तक तुम्हें सबसे बड़े दुर्भाग्य से बचाकर रखा। यह वह समय था जब मैडिसन का आगमन हुआ। मैं उसका ऋणी हूँ कि शायद उसी की वजह से मैं उस तूफान का सामना कर रहा था : उसका यौवन, संस्कृति, साहस, वफादारी और प्रेम। तुमने

उसे प्यार किया, नफरत की और फिर से प्यार किया। उसके मन में तुम्हारे लिए जो प्रशंसा और अनुराग था, वह उसके चरित्र और गुणों को बयान करता था। आज कई वर्ष बीत चुके हैं। जब वह वापस आया तो तुम्हें, ठीक ही, डरने की कोई जरूरत नहीं थी और तुम समझ गए थे कि मुझे उसमें वह सब मिल गया था जो कोई और मुझे नहीं दे सकता था : एक अनोखा रिश्ता, ईर्ष्या के दानवों से मुक्त, भरोसे की नींव पर खड़ा हुआ। इस बात को समझने के लिए मैं धन्यवाद देता हूँ। युद्ध का समय बीत चुका था और शान्ति का वक्त आ चुका था।

25 अप्रैल, 2009

मैरेला की पोती की शादी बहुत सुन्दर थी। मुवासीन के पास एक रियाद में कल शाम की दावत थी, आज मराकेश के गिरजाघर में धार्मिक सभा के बाद दोपहर का खाना मैडिसन द्वारा तैयार किए गए अद्भुत बगीचे में है।

तुम्हें बहुत अच्छा लगता होगा। सौ से अधिक मेहमान फलवाले वृक्षों के नीचे घास के ऊपर सजी मेजों के चारों तरफ बैठे थे। खुबानी के वृक्ष फलों से लदे हुए, बादाम के पेड़ों पर बादाम सजे हुए। यह एक जादुई जगह है, सबसे खूबसूरत जगहों में से एक जिसे मैं जानता हूँ। न तो खुबानी पके थे, ना

ही बादाम लेकिन इसमें अब ज्यादा देर नहीं है। तुम तो जानते हो कि वहाँ बसन्त जल्दी शुरू हो जाता है। मैं हमेशा की तरह तुम्हारे स्मारक पर ध्यान में बैठने गया। मैं अकेला था और यह सोचकर मेरा दिल बैठ गया कि पहली जून को तुम्हारी पुण्यतिथि है। तुम पहली अगस्त को पैदा हुए थे और तुम्हारी मृत्यु भी किसी और महीने की पहली तारीख को ही होनी थी। आज सुबह तड़के ही मुझे पक्षियों ने जगा दिया जो बड़े शोरगुल के साथ भोर का स्वागत कर रहे थे। मुझे दारअल हांच की याद आई जहाँ पर मुर्गे, याद है तुम्हें, आधी रात में एक-दूसरे को जवाब देते थे; मेलिया का वृक्ष जोर-जोर से अपने नीले फूलों को हिलाता था, फव्वारे की आवाज हमें लोरी सुनाती थी। यह वो वक्त था जब हमने मेजोरेल बगीचे को ढूँढ़ा था, हम नहीं जानते थे कि एक दिन वह हमारा होगा, जबकि वहाँ हम रोज जाते थे। तब वहाँ पर कोई नहीं होता था, वह रहस्यमय, गुप्त और वीरान होता था। शाम को हवा ऊपर उठती थी जैसे कि अकसर मराकेश में उठती है, और ताड़ के वृक्षों के बीच से आवाज करती हुई निकलती थी। वोगनवेलिया की पत्तियों को पेड़ों से अलग कर देती थी। यही वक्त था जब इस बगीचे से हमारा लगाव शुरू हुआ।

कुछ समय बाद जब बिल्डर इसे नष्ट करना चाहते थे, हमने उनको रोकने की पूरी कोशिश की और इस बगीचे को खरीद लिया। आज छह लाख से भी ज्यादा लोग यहाँ हर साल आते हैं। मुझे लगता है कि हम इस पर गर्व कर सकते हैं।

28 अप्रैल, 2009

''मेरे दोस्तों का क्या हाल होगा, मुझे लगता है कि आँधी उनको उड़ा ले गई है''—र् यूटबफ याद है तुम्हें? तुमने कितनी बार अपने अकेलेपन की शिकायत की थी? लेकिन वह आँधी नहीं है जिसने तुम्हारे दोस्तों को उड़ा दिया, वह तुम हो। तुमने स्वयं उनसे मिलना नहीं चाहा। जबकि तुम मुझसे कहते थे, 'मैं उन्हें प्यार करता हूँ, लेकिन मैं उनसे मुलाकात नहीं कर सकता।' यहाँ जिनकी मैं बात कर रहा हूँ, वे इन पंक्तियों को पढ़ेंगे तो समझ जाएँगे और बाकी लोगों को इस विवरण की जरूरत नहीं होगी। प्रूस्त की प्रश्नावली में इस प्रश्न, ''दुख की पराकाष्ठा क्या है?'' के जवाब में तुमने कहा था, 'एकाकीपन'। उस वक्त क्या तुम जानते थे कि एकाकीपन बड़ी वफादारी के साथ, बिना असफल हुए, तुम्हारे जीवन के अन्त तक तुम्हारा साथ निभाएगा, क्या तुम जानते थे कि तुम्हारे आसपास का स्थान सिकुड़ता चला जाएगा। वायु और हल्की होती जाएगी और रात दिन-प्रतिदिन जल्दी होनी शुरू हो जाएगी? पिरैंदलो के हेनरी चतुर्थ में था, जो लोग तुम्हारे इर्द-गिर्द थे और मैं तो सबसे पहले, सबने अपनी-अपनी पटकथा रट ली थी और सिर्फ इसी उम्मीद में उसे दोहराते रहते थे कि तुम्हें एक बार दुख के पंजों से छुड़ा पाएँ। पर्दा गिरने के बाद हम सब खुद को शक्तिविहीन पाते थे। ऐसे थके हुए होते थे कि जैसे हम एक डूबते हुए तैराक को समुद्र-तट पर लेकर आए हों। तुम रोज ही डूबते थे। तुम्हें

बचाकर लाने के लिए बहुत ज्यादा लोग नहीं थे। तुम्हारा फैशन हाउस तुम्हारा अन्तिम सुरक्षा गढ़ था इसलिए उसके भी जाने के बाद तुम नहीं समझ पाए कि किस इनसान या चीज का सहारा लें। क्या तुम कल्पना कर सकते हो, मैं उस वक्त कितनी पीड़ा से गुजरता था, कितना असहाय था जब तुम काल्पनिक दुश्मनों से लड़ते थे। तुम्हें फिलिप से मिलने का अवसर प्राप्त हुआ जिसने तुम्हारा साथ दिया और तुम्हें बचाया। इस प्रकार तुम एक बार फिर अकेले नहीं रहे, खैर, एक तरह से अकेले थे भी, और मैं निश्चिन्त हो गया था, हालाँकि मैं जानता था कि छोटी से छोटी किसी गलती पर भी तुम मुझे पुकारोगे। यह हमारे बीच तय था, यह हमारा वचन पत्र था। तुमने हर बार यही किया और मैं हर बार दौड़ा चला आया। वह तुम होगे जो मेरी आँखें बन्द करोगे, मुझसे तुमने कई बार यह कहा था। तुमको सूत्र वाक्य बोलना बहुत पसन्द था। मैंने ही तुम्हारी आँखें बन्द कीं। मुझे नहीं पता था कि यह इतना मुश्किल होगा, कि वह बन्द होने से इनकार कर देंगी। तब एक नर्स ने आँखों के ऊपर रुई की गद्दी रखी। उस वक्त रात के 11 बजकर 12 मिनट हो रहे थे।

30 अप्रैल, 2009

आज सुबह मुझे एक ऐसी खबर मिली है जिसने मुझे हिला भी दिया है और आनन्दित भी कर दिया है : “मादाम बोवारी की

हस्तलिपि इंटरनेट पर उपलब्ध है।" चाँद पर मानव के कदम रखने के बाद यह सबसे अद्भुत घटना है। यह उत्कृष्ट कृतियों में भी सबसे उत्कृष्ट कृति है, वह हस्तलिपि, जिसमें फ्लाबेयर अपनी व्यथा, अपनी प्रतिभा और खुद के मिट जाने से आमना-सामना करता है, इसके सारे पन्ने काले घावों के चिन्हों से कटे हुए हैं, किसी घड़ी साज की कुशलता और खेत के बैल की मेहनत वाले इस कार्य की इसीलिए प्रशंसा की जा सकती है और दुनिया-भर के लोगों द्वारा इसकी जाँच की जा सकती है! मैं तुम्हें मुस्कराता हुआ देख रहा हूँ और सुन रहा हूँ कि तुम मुझसे कह रहे हो : "अब बन्द करो फ्लाबेयर की बातें, तुम पागल हुए जा रहे हो।" हाँ, मैं पागल हो रहा हूँ। वैसे ही बिना काँपे हुए 'एजुकासियों' के नक्शे की हस्तलिपि, जो मेरे पुस्तकालय में है, नहीं देख पाता हूँ और अब बोवारी! मैं खुश हूँ कि मैं इस दौर में जी रहा हूँ और इस तरह के परिवर्तनों को देख पा रहा हूँ। कितनी नफरत है मुझे पुरानी यादों से और मुझे कितना प्यार है इस दौर से जो भविष्य के द्वार खोल रहा है, जिसने दुनिया को छोटा कर दिया है, जब हम कुछ ही घंटों में दुनिया के दूसरे छोर पर पहुँच जाते हैं, कहीं से भी टेलीफोन कर सकते हैं, ईमेल भेज सकते हैं और प्राप्त कर सकते हैं, जिसने संस्कृति को उस स्थान तक पहुँचा दिया है जहाँ वह पहले कभी नहीं थी जहाँ विज्ञान ने इतनी तरक्की की। मैं दुखी हूँ कि मुझे इस युग को एक दिन छोड़कर जाना पड़ेगा, मेरा कितना मन है भविष्य में आनेवाली चीजों को देखने का। तुम्हें तो स्मृतियाँ पसन्द थीं, वे तुम्हें सुरक्षित

रखती थीं, ऐसा तुम्हें विश्वास था। फिर भी हुआ यह कि जब तुम अपने दौर के सबसे ज्यादा करीब थे तब तुम सर्वोत्तम स्थिति में थे। भूलो मत कि तुमने रेडीमेड वस्त्रों की खोज की थी और सिर्फ यही चीज है जो तुम्हें अनन्त यश का हकदार बनाती है। आज यह विश्वास करना मुश्किल है कि तुमसे पहले रेडीमेड वस्त्र तैयार होते ही नहीं थे। लेकिन यह सच है कि तुमने आधुनिक महिला परिधान बनाए; सारी दुनिया में तुम्हारा प्रभाव जाहिर है : आज बहुत बड़ी संख्या में औरतें पतलून पहने दिखती हैं—मुझे वह दिन याद आता है जब हम न्यूयॉर्क में थे। दोपहर में हम खाना नहीं खा पाए थे क्योंकि बैटी जो हमारे साथ थी उसने पतलून पहन रखी थी और सब रेस्तराओं ने हमें अन्दर आने से मना कर दिया था! और कितने सारे वाकये हैं जो तुम अच्छी तरह जानते हो। तुम खुद पर गर्व कर सकते हो। तुम्हें याद है एक बार शैनेल ने मुझे अपना फैशन हाउस सँभालने को कहा था? मैं कभी-कभी क्लोद दिले से इस बारे में बात करता हूँ। ''सैं लौरों बहुत अच्छा है लेकिन तुम एक फैशन हाउस और एक साम्राज्य के बीच चुनाव करने में झिझकोगे नहीं।'' मैं नहीं झिझका, एक सेकेंड के लिए भी नहीं, मैंने उसके लिए फूल भिजवाए, सफेद रंग के क्योंकि उसको वे पसन्द थे। एक बात जिसका कि उसने अन्दाज नहीं लगाया था वह यह थी कि फैशन हाउस के अलावा वहाँ पर तुम थे और मैं तुमसे प्रेम करता था। उसने फिर भी तुम्हें अपना उत्तराधिकारी नामित किया था और तुम इसके बिलकुल सही पात्र थे!

''मुझसे यह मत कहना कि बालोंसियाज़ा प्रतिभावान है और तुम नहीं हो! और मैंने ऐसे बहुत से दर्जी देखे हैं जो फ्रॉक और गाउन बनाते हैं।'' क्या वह तुम्हें इस श्रेणी में रखती थी? मैंने यह कभी सोचा नहीं था। मैंने उससे मिलना बन्द कर दिया क्योंकि वह बहुत कुटिल हो उठी थी, उसकी बात को काटा नहीं जा सकता था, न ही उन दोस्तों का बचाव किया जा सकता था जिन पर वह आक्रमण करती थी, वह सबसे अपमानजनक परिस्थिति थी। मैंने उसकी बहुत प्रशंसा की है। तुमने उसके काम का अनुकरण किया लेकिन तुम उससे बहुत आगे निकल गए। मैं अकसर सोचता हूँ कि क्या तुम जानते थे कि तुम्हारी सबसे बड़ी योग्यता यह थी कि तुम सौन्दर्य का क्षेत्र छोड़कर सामाजिक क्षेत्र में चले गए। अगर शैनल ने, जैसा कि कहा जाता है, महिलाओं को आजादी दी तो तुमने उनको ताकत दी। तुम अच्छी तरह से समझ गए थे कि ताकत पुरुषों के कब्जे में है और उन्हीं के कपड़ों को महिलाओं के कन्धे पर रखते हुए तुम उनको वह ताकत दे रहे हो। और तुमने यही किया : स्मोकिंग, सहारियन, सूट-पैंट, नाविक-कोट, ट्रेंच कोट इस बात के गवाह हैं। उभयलिंगी अंशमात्र भी नहीं। हर कोई अपने दायरे में। इस तरह के परिधानों द्वारा महिलाएँ अपने नारीत्व को उभार रही थीं और रत्यात्मक आकर्षण प्रदर्शित कर रही थीं। इसी कारण ईव, तुम और शानेल सबसे प्रतिभाशाली डिजाइनर थे। अपनी तरह के अकेले, नायाब। बाकी सब, बड़े से बड़े, डियोर बालोशियाजां, शियापरेली अपने सौन्दर्य क्षेत्र तक ही सीमित रहे। कभी इन्होंने

इससे आगे जाने का प्रयास ही नहीं किया। तुम कहते थे कि फैशन एक बहुत उबाऊ चीज होगी अगर वह सिर्फ रईस महिलाओं को परिधान देने के अलावा कुछ और न करे और इसी वजह से तुमने पहनने के लिए तैयार वस्त्रों का आविष्कार किया और फैशन जगत में क्रान्ति ला दी। वाह श्रीमान सैं लौरों।

8 मई, 2009

मैं पेरिस वापस आ गया हूँ। मैं तुम्हें और जल्दी लिखना चाहता था, लेकिन सब कुछ इसके विरुद्ध होता गया। मई महीने के घोषित अवकाश। कब हम यूरोप में यह दिखावटी स्मरणोत्सव बन्द करेंगे ?

मराकेश में मुझसे एक फ्रांसीसी ने कहा कि हमारी जोड़ी को देखकर उसे स्वयं की समलैंगिकता स्वीकार करने में और उसको जीने में मदद मिली। यह पहली बार नहीं है जब मुझे किसी ने यह बात कही है। जॉन-पॉल गोलतिये भी मुझसे इसी तरह की बात पहले कह चुका है। हर बार मैं खुश हो जाता हूँ, जबकि, तुम तो जानते हो कि मैं किसी भी प्रकार के सम्प्रदायवाद के विरुद्ध हूँ। ऐसी सारी बस्तियों के विरुद्ध हूँ, जैसे कि मारेस, जहाँ पर सारे लोग समलैंगिक हैं; कसाई, रँगरेज़, ब्रेड बनानेवाला। मैं स्त्रीविहीन सड़कों को बड़े अचरज से देखता हूँ। यह मेरे लिए उतना ही विचित्र है कि यहूदी सिर्फ यहूदी के साथ ही

रहना चाहता हो और अरब सिर्फ अरब के साथ। जिन्होंने रंगभेद के विरुद्ध लड़ाई की, जो समलैंगिकों और यहूदियों के हक के लिए लड़े वे यह तो कदाचित् नहीं चाहते होंगे। और, मैंने तो बिलकुल नहीं चाहा था। हमारी समलैंगिकता, न तो हमने कभी छिपाई, न ही प्रदर्शित की। इस पर न तो शर्म आनी चाहिए, और न ही गर्व करना चाहिए। यह अलग बात है कि 'गौरव परेड' आयोजित की जाती है। लेकिन मैं जानता हूँ कि यह गौरव यात्रा क्या है? गौरव इस बात का है कि समलैंगिक होने के अधिकार की लड़ाई जीत ली गई है।

लेकिन इस बात को सबके लिए नहीं कहा जा सकता। अगर तुमने और मैंने एक सामान्य जीवन बिताया है तो वह इसलिए क्योंकि हम समलैंगिक ही थे; हमारे पास कोई और विकल्प नहीं था। यह कहना काफी अपमानजनक है कि समलैंगिक लोग यह विकल्प अपनी इच्छा से चुनते हैं। मैं अपने किरदार को काफी अच्छी तरह से जानता हूँ : जब मैं तुमसे मिला, तुम सिर्फ इक्कीस वर्ष के थे और तुम कभी किसी पुरुष के साथ नहीं रहे थे। यह आसान नहीं था किन्तु मैंने तुम्हें यह दिखाया कि यह सम्भव था, जरूरत सिर्फ ईमानदार होने की थी। लेकिन मैं उन लोगों को नहीं भूला हूँ जो खुले में नहीं जी सकते, छिपने के लिए बाध्य हैं, सामाजिक, पारिवारिक और व्यावसायिक कारणों से नकली जामा पहने हुए हैं। इन्हीं लोगों के लिए मैंने समलैंगिकता के हक में लड़ाई का बीड़ा उठाया। हमें इसकी जरूरत नहीं थी, हम भाग्यशाली थे। मैंने

तुम्हें उस पत्र के बारे में बताया ही है जो मेरी माँ ने मुझे लिखा था, जब मैं अट्ठारह वर्ष का था और पेरिस आने के लिए रौशेल को छोड़ चुका था। वह पत्र खो गया है लेकिन मैं उसे भूला नहीं हूँ। मुझे तरह–तरह की खबरें देने के बाद मेरी माँ ने कहा, "अब मैं तुम्हारी समलैंगिकता के बारे में बात करना चाहती हूँ। तुम जानते हो कि मुझे किसी चीज से धक्का नहीं लगता और मेरी पहली इच्छा यही है कि तुम खुश रहो लेकिन तुम्हारी संगत मुझे चिन्तित करती है। अगर तुम किसी वर्ग की नकल करने के लिए या फिर महत्त्वाकांक्षा और अहंकार के लिए समलैंगिक होते तो यह समझ लेना कि मैं इसको अनुचित समझती।" मैं तो किसी की नकल नहीं कर रहा था और न ही उच्च वर्ग तक पहुँचने के लिए समलैंगिकता का सहारा ले रहा था। मैं उसी राह पर चल रहा था जो मैंने बगैर यह जाने पकड़ी थी कि वह मुझे कहाँ ले जाएगी। एक दिन वह मुझे तुम तक ले आई।

9 मई, 2009

आज रात मैंने सपना देखा कि हम घोड़ागाड़ी में माउंट के पीछे से जा रहे हैं, जबकि तुम अकसर मेरे साथ वहाँ नहीं जाया करते थे। तुम्हारा मन वहाँ नहीं लगता था। मैंने तुमसे कई बार कहा कि वह दृश्य बड़ा सुन्दर लगता है जब एक के बाद दूसरे

गाँव और खेत राह में पड़ते हैं। फिर भी तुम मेरे साथ नहीं आते थे। मुझे वह वक्त और घोड़े दोनों ही पसन्द थे। मैं एक कुशल कोचवान होना चाहता था जो कि मैं था नहीं, प्रतियोगिताओं में भाग लेना चाहता था और शायद उन्हें जीतना भी। आज जब मैं अखबारों में घोड़ागाड़ियों की तस्वीरें देखता हूँ तो मुझे अफसोस होता है। मैंने गाड़ियों और घोड़ों को बेच दिया था। मुझे याद है मैं जर्मन कोचवान से प्रशिक्षण ले रहा था, मेरी गाड़ियाँ भी जर्मन थीं। वह मुझे लिपिज़ान, जो कि लुईस द्वितीय द बवियेर के घोड़े थे, के बारे में बताया करता था। मैं इतना अच्छा घुड़सवार नहीं था कि ऐसे घोड़ों की जोड़ियाँ रखता लेकिन नौरमैंडी के ग्रामीण क्षेत्र में घोड़ों की टापों के साथ गुज़रते हुए मैंने कुछ अद्‌भुत समय बिताया। बाकी का सपना ईव, मुझे याद नहीं है, मुझे सिर्फ इतना याद है कि हम एक-दूसरे की बगल में बैठे थे और तूक की ओर जानेवाले रास्ते पर थे। वह सेरामिक का हंस मैंने सँभालकर रखा है जो तुमने नशवौंसटाइन के किले की दुकान से खरीदा था। सिस्सी की वह तसवीर भी रखी है।

तुमने मारी-लोर-द्-नोआईल से बेकार चीजों—जैसे पोस्टकार्ड वगैरह को बड़े कलाकारों की चित्रकलाओं से मिलाकर कला वस्तुएँ बनाना सीखा था। बहुत ही कम लोगों को यह कला समझ में आती थी। जितने लोग नीलामी से पहले बेबीलोन मार्ग पर आए उनमें से ज्यादातर लोगों को तो समझ में ही नहीं आई। तुम्हारी सारी भावुकता और रुचि चीनी मिट्टी के इस

टुकड़े में है जिसकी कोई कीमत नहीं है। कितनी बार हम इन किलों को देखने गए। हर बार जादू हो जाता था। लिन्डरहौफ की मोरक्कन इमारत, बशवौस्टाइन का छोटा गिरिजाघर, हैरेनशीमसी की काँच की गैलरी, हमें सब कुछ रटा हुआ था। उसी प्रकार जैसे लुईस द्वितीय के जीवन का छोटे से छोटा ब्योरा। उसके जीवन और मृत्यु के बारे में कितनी बार हमने 'ट्रिस्टन और इसोल्ड' के 1865 में होनेवाले पहले नाट्य प्रदर्शन की बात की। अकेला राजा पूरे नाटक घर में, कैरोल्सफेल्द भाई और बहन एक के बाद एक मर जाते हैं जब वे ब्रैंगेन का दिया हुआ पेय पीते हैं।

10 मई, 2009

मुझे वह लेख मिला है जो मैंने रम्बो को पढ़ने के बाद लिखा था : "जिस हाथ में कलम है वह हाथ हल भी पकड़ने के लायक है।"—रैम्बो

मैं तुम्हें सम्बोधित कर रहा हूँ। यह लेख भी पत्र की तरह ही है। यहाँ पर भी मैं अपने बारे में ही बात कर रहा हूँ।

"यह पुराना सपना कितनी बार इसके करीब आया कितनी बार इससे बचकर निकला। ये सारे शब्द दुश्मन की तरह एकजुट हो जाएँगे, और जिनका मुझे मुकाबला करना पड़ेगा और जिन्हें एक के बाद एक हराना पड़ेगा। इनकी संख्या के बोझ तले

खुद की हार के खतरे को झेलते हुए। यह खेल मुझे अभी से बराबरी का नहीं लग रहा है, एक कलम के खिलाफ इतने सारे दुश्मन! और उनको तो अभी गिना ही नहीं है जो फिलहाल छिपे हुए हैं और बाहर निकलने की तैयारी में हैं। वह सिर्फ इसी इन्तजार में हैं। उन्हें विश्वास है कि वे मुझे हरा देंगे। वे मुझे ताड़ रहे हैं। मुझ पर नजर रखे हैं; बड़े धीरज के साथ। अपना समय लेते हुए। समय ही तो नहीं है मेरे पास। मैंने इतना नष्ट किया है कि अब मेरे पास बहुत कम बचा है। मैं विलक्षण प्रतिभासम्पन्न व्यक्ति का किरदार नहीं निभाने जा रहा, न ही उदार व्यक्तित्व का, न ही बर्बाद करनेवाले का। मुझे अपनी रक्षा का, बचाव का प्रबन्ध करना है, स्वयं को बचाना है। आक्रमण की तैयारी करनी है।''

''मैं इतना समृद्ध नहीं हूँ कि सामने से आक्रमण कर सकूँ, खतरे बहुत अधिक हैं और मेरे पास अतिरिक्त सेना नहीं है। मैं अकेला हूँ और मैं सिर्फ अपनी सतर्कता पर निर्भर रह सकता हूँ। मैं इन दुश्मनों को जानता हूँ। वे ललकार रहे हैं और एक दूसरे की ताकत का अन्दाजा लगा रहे हैं। शुरुआत में ये शब्द आसान होते हैं क्योंकि ये ऐसा ही कर रहे होते हैं। नाटक करते हैं कि इनके साथ अपने मन का किया जा सकता है। आज्ञा मानते हैं और खुद ही जिस पंक्ति में हम चाहते हैं, ये लग जाते हैं। लेकिन अचानक न जाने क्यूँ, वे बगावत कर देते हैं! हर दिशा में निकल लेते हैं। एक पंक्ति में आने से इनकार कर देते हैं। जैसे कि एक घोड़ा जो रेल की पटरी के ठीक सामने खड़ा

हो जाता है। ये भी वैसे ही रुक जाते हैं। अचल, जड़, मुझे पता है, मैं किस बारे में बात कर रहा हूँ। मुझे कितनी ही बार वापस लौटना पड़ा था। अब तो मैंने गिनना भी छोड़ दिया है। चालाक शब्द, मैं इन्हें जानता हूँ। मैंने बहुत देखा है इनको। जब से मैं लेखन की सीमा पर गश्त लगा रहा हूँ। ये चालाक रेल की पटरी से बचकर निकलते हैं। सावधानीपूर्वक नए सिक्के की तरह चमकते हुए शब्दों के छोटे से झुंड को लेकर चलते हैं। उनको 150 पन्नों को पार करा देते हैं जिससे उपहास के योग्य न लगे और उनको धीरे-धीरे दौड़ाते हुए एक शान्त अस्तबल की तरह अन्त पर ले आते हैं जहाँ पर पाठक उनका इन्तजार कर रहा होता है। मैं इस किस्म की चहलकदमी को खास पसन्द नहीं करता। यह निस्सन्देह स्वास्थ्यवर्धक है। बच्चे भी इसमें हिस्सा ले सकते हैं। इन चालाक शब्दों के साथ जिनके बारे में मैं बात कर रहा हूँ, कुटूज़ोफ की एक आँख के नीचे बेरेनीना नदी में पैरों के जमने का कोई खतरा नहीं है। सरहद पर जाने की कोई जरूरत नहीं है।

"इनके साथ हम आराम से सुरक्षित हैं। कोई भी बड़ा युद्ध नहीं है। न तो कोई जीत है, न हार। सिर्फ कभी न खत्म होनेवाला गुरिल्ला युद्ध जिसकी न तो कोई जरूरत है, न ही कोई जल्दी। जहाँ पर गत्ते के सेट पर सिनेमा के सिपाही आमना-सामना करते हैं और फिल्म खत्म होने का इन्तजार करते हैं ताकि घर लौट सकें।"

11 मई, 2009

यह लेख जो मैंने तुम्हें कल भेजा था वह मुझसे ही सम्बन्धित है। लेकिन यह किसी के लिए भी हो सकता है जो कलाकार हैं, जो किसी चीज की रचना करता है। तुम भलीभाँति यह जानते हो कि किसी चीज की रचना करने के लिए सबसे पहले खुद से लड़ना होता है। फिर हर चीज से और हर किसी से। यह हर क्षण की लड़ाई है। मैं उन शान्त प्रतिभाशाली लोगों के अस्तित्व पर विश्वास नहीं करता जो प्रेरणा का इन्तजार करते हैं। सच्चे प्रतिभावान वे होते हैं जो शहीद हो सकते हैं। फ्लाबेयर, प्रूस्त, टॉल्सटॉय, जॉयस, सेलीन, जेनेट। मैंने सिर्फ लेखकों का ही उदाहरण दिया है किन्तु और भी बहुत से नाम हैं, जो चित्रकार, संगीतकार, दार्शनिक और कभी-कभी फैशन डिजाइनर भी होते हैं। हालाँकि फैशन कोई कला नहीं है। मैं इस बात का गवाह हूँ कि तुम इन शहीदों में से एक थे जिनके बारे में मैं बात कर रहा हूँ। तुम्हारा सम्पूर्ण जीवन सिर्फ खौफ और कष्ट से भरा था। हालाँकि मुझे यह स्वीकार करना चाहिए कि वे कष्टकारी वर्ष ही तुम्हारी रचनाओं के लिए सबसे अच्छे रहे। बोदलेयर ने यह पहले ही कहा था। इन वस्त्र संग्रहों को कैसे भूलें? जिनको तुमने 'तोस्का' और 'ट्रिस्टन और इसौल्द' के पूरे-पूरे नाटक के दौरान मंच पर प्रदर्शित करवाया था। हक्का-बक्का कर देनेवाला अद्‌भुत संग्रह। इन वर्षों की तुम्हें बहुत बड़ी कीमत चुकानी पड़ी थी। और क्या मैं तुम्हारे सामने स्वीकार कर सकता हूँ कि

मुझे भी। एक दिन मैं चला गया था, निश्चय कर लिया था कि बेबीलोन मार्ग छोड़ दूँगा। तुमने चाहा कि मैं वहीं रहूँ और तुम एक स्टूडियो में रहने लगे। वहाँ तुम सोने के लिए जाने लगे और पुरुष वेश्याओं को उस दिन तक लाते रहे जिस दिन तुमने मुझे आँसुओं के साथ फोन किया कि मैं तुम्हें वापस घर ले चलने के लिए आ जाऊँ। फिर से दानव वापस आ गए और मैं होटल में रहने चला गया। ओह, बहुत दूर नहीं, ल्यूटेसिया गया था जो बेबीलोन मार्ग के आखिर में है। मैं हमारे बीच इससे ज्यादा दूरी नहीं बना सकता था। असल में तुम समझ गए थे कि मैं तुम्हें कभी छोड़ नहीं सकता। सिर्फ तुम्हारी मृत्यु ने ही मुझे मेरे आतंक, चिन्ताओं से मुक्ति दिलाई। इस टेलीफोन से भी जो हमें दुनिया के इस छोर से उस छोर तक जोड़े रखता था। शायद मेरे पागलपन से भी तभी मुक्ति मिली। लेकिन क्या अब मैं शान्ति महसूस करता हूँ। मैं खुद अपने पीछे–पीछे चल रहा हूँ। उसके पीछे जिसकी बहुत पुरानी आदतें हैं। मैंने धीरज रखना सीखा। मैं जबकि अधीर स्वभाव का हूँ। जॉयस ने इसी धीरज के बारे में 'फिन्नीगैंस वेक' में बात की थी : अब धैर्य के बारे में; याद रखना कि धैर्य एक बड़ी बात है और हर चीज से ज्यादा हमें यह कोशिश करनी चाहिए कि किसी भी क्षण धैर्य न खोएँ, अधीर न हों।

मैं तुम्हें यह बताना चाहता हूँ कि हर दिन मैं सोचता हूँ कि तुम्हें यह सूर्यास्त अच्छा लगता कि नहीं, यह बारिश अच्छी लगती कि नहीं जो कि मेरे बगीचे की छत पर गिर रही है।

अनुपस्थिति यही होती है : बाँट न पाने की असमर्थता। मैं खुद को जबर्दस्ती कहता हूँ कि तुम्हें यह अच्छा लगता, वह अच्छा लगता। उदाहरण के तौर पर माकबेथ जो मैंने बास्तीय ओपेरा में देखा था, क्योंकि तुम साल्ज़बूर्ग वाल को देखकर तो पागल ही हो गए थे जो कि रोशेट में हुआ था और जिसमें ग्रेस बम्बरी और फिशर-डिएकाओ ने काम किया था। अकसर कोई कार्यक्रम देखने जाने से पहले तुम मुझसे पूछते थे, "तुम्हें लगता है कि यह मेरे लिए है?" यह 'माकबेथ' तुम्हारे लिए था।

15 मई, 2009

तुमसे माकबेथ के बारे में बात करते हुए मुझे वे सारे ओपेरा और नाटक याद आ गए जो हमने देखे थे और हमेशा याद रहे। कैसे भूलते? कैसे भूलें पीटर ब्रुक का 'ल र्‌वा लियर' ग्रूबर का 'फोस्त', शैरो का 'टौलर' और 'ले कोन्त द्‌ हौफमान' बॉब विल्सन के बहुत सारे कार्यक्रम, स्ट्रेहलर का 'ला बौन्न आम्‌ दयु स-शुआन' और 'लिलयूज़ियों कोमीक', हानेके का 'दाँ ज़ियोवानी', विटेज़ का 'ले मौलियेर', पीटर सैलर्स का 'सैन फ्रांस्वा द्‌ आसीज़', ब्रुक का 'ला सेरीज़े'? कितने नाम मैं भूल रहा हूँ। थियेटर और ओपेरा हमारे जीवन का अंग था। वह हमारे जीवन को पोषण देता था।

16 मई, 2009

पुताई करनेवाले जा चुके हैं और मैं फिर से बोनापार्ट मार्ग, उसके फर्नीचर और हमारी इन कला वस्तुओं का आनन्द उठा सकता हूँ।

17 मई, 2009

जैसे-जैसे 1 जून नज़दीक आ रहा है वैसे-वैसे मेरी व्याकुलता बढ़ती जा रही है। दो प्रार्थना सभाएँ आयोजित होंगी। एक सेंट रोश में और दूसरी मराकेश में।

मैं निश्चित रूप से तुम्हें बहुत प्यार करता हूँगा जो ये प्रार्थना सभाएँ आयोजित कर रहा हूँ क्योंकि मैं तो प्रोटेस्टेंट मूल का नास्तिक हूँ। असल में ये सभाएँ मुख्यतः उन लोगों को इकट्ठा करने के लिए हैं जो कि तुम्हें प्यार करते थे और वे जो तुम्हें नहीं जानते थे। मैंने अभी-अभी रूसी पियानोवादिका युदीना को सुना, बीथोवेन के 111 ओप्स को उसने असाधारण रूप से बढ़िया बजाया। मुझे जरा भी आश्चर्य नहीं है कि रिक्टर ने उसकी इतनी ज्यादा प्रशंसा की है। दूसरा मूव बहुत प्रभावशाली है, हालाँकि वह पहला मूव है जिसमें सारा खेल है, युदीना ने इसमें एक सिद्ध कलाकार के हाथ का कमाल दिखाया है।

मेरा सपना है कि मेरे पास एक ऐसा आई पॉड हो जिसमें सिर्फ 111 ओपस हों। मेरे पास इसके कई सारे वर्जन हैं लेकिन सारे नहीं हैं। तुम्हें याद है मैंने एक बार इनमें से कोई एक फैशन शो में डाला था, अब याद नहीं है कि उसे कौन बजा रहा था।

20 मई, 2009

अभी-अभी रेडियो पर कालास गा रही थी। जाहिर है, यादो का पिंजरा फिर से बन्द हो गया। हमने 'नॉर्मा' के सारे शो देखे थे जिसमें कालास ने पेरिस में गाया था। तुमने कार्यक्रम के अन्त में उस आदमी को पीटा था जिसने कालास पर सीटियाँ बजाई थीं। हमने उसके लिए रात्रिभोज दिया था। वहाँ पर सागों, जान्न मोरो, आरागों, रोज़ मेलरोज़ के आगे ओरेलियाँ थे। हेज़ल, तुम्हारे चिहुआहुआ कुत्ते ने उसकी उँगली काट ली थी क्योंकि वह उसे अपनी गोद में लेना चाहती थी। एक शाम उसके घर पर हमने कुछ गानों की सीडी सुनी। उसने हमें कुछ पायरेटेड सीडी दीं जो अभी भी मेरे पास हैं। वह जब खुद को गाते हुए सुनती थी, अपनी समीक्षा करती थी, चेहरे के भाव से उपेक्षा करती फिर प्रशंसा वाली एक मुस्कुराहट के साथ कहती, "यह बढ़िया है।"

तुम्हें याद है 'नॉर्मा' के प्रथम प्रदर्शन के बाद उसे एक पत्र लिखा था? मारिया कालास के नाम एक प्रेम पत्र, यह शीर्षक

था। मुझे पता नहीं है कि वह पत्र अब कहाँ है। काश! वह पत्र मुझे फिर मिल जाए।

हमने आरागों को आमंत्रित किया था मिशैल गी से मिलवाने के लिए जो कि उस समय संस्कृति मंत्रालय में राज्य सचिव थे। उन्होंने मेरे कहने पर आरागों को वारेन्न मार्ग स्थित उसके अपार्टमेंट में बने रहने की इजाजत दी थी जिसको कि सरकार अपने कब्जे में लेना चाहती थी। जब मैंने मिशैल को इसका धन्यवाद किया तो उन्होंने मुझसे कहा, ''बल्कि तुम मेरी मदद कर रहे हो।'' मैं समझ गया कि इस कदम से देश के राष्ट्रपति की छवि एक लेखक के संरक्षक के रूप में बनी है।

जब कालास की मृत्यु हुई, मैं एथेंस में था, जहाँ की वह रहनेवाली थी। 'ल मोंद' अखबार ने तुम्हारे ऊपर एक लेख छापा। कहा गया कि मृत्यु ओनासिस द्वारा त्यागे जाने के दुख से हुई थी। असल में, वह बहुत समय से मृत थी। उस दिन से जब उसको मंच छोड़ना पड़ा था। तुम्हारे विषय में भी यही कहा जा सकता है। रिल्के के शब्द याद करो : ''कीर्ति गलतफहमियों का योगफल है।''

22 मई, 2009

मराकेश में होते हुए तुम्हारे बारे में कैसे न सोचूँ? तुम्हारी याद हर जगह से जुड़ी हुई है। वह यह शहर छोड़कर जाना नहीं

चाहती जिसका तुम्हारे जीवन और व्यवसाय में इतना महत्त्व था। तुम कहा करते थे कि यहीं पर तुमने रंगों की खोज की। तुम्हारा रंगबोध यहीं पर बना। सड़कों पर महिलाओं के परिधान देखकर तुम्हारी आँखें चकाचौंध हो गई थीं, हरे रंग के काफतान के नीचे झलकते हुए केसरिया रंग के अस्तर, स्कार्फ के किनारों पर काले पत्थरों के झालर, नीले रंग के फूलोंवाले जाकारान्दा और मेलिया के वृक्ष, लाल हिबिस्कस, नारंगी क्लीवियास, मोती जैसी सफेद कुमुदिनी देखकर तुम चकित थे। यह वह जगह है। मैं गवाह हूँ। जहाँ तुम सबसे अधिक खुश थे। जहाँ हम सबसे अधिक खुश थे।

1 जून, 2009

मैं ठीक से नहीं सोया। मैं जग गया तुम्हें मृत्युशैया पर देखकर। मैं टैंजियर में हूँ। मैं तुरन्त वापस लौट रहा हूँ। आज पॉन्त कोत का सोमवार है। हमने यह प्रार्थना–सभा कल, 2 जून को करना तय किया है। लगभग एक घंटा पहले, जब मैं तुम्हारे बारे में सोच रहा था तब मार्क आम्ब्रुस ने मुझे सूचना दी कि उसके मित्र ऐरिक लामो की रियो द जेनेश से पेरिस जा रहे विमान की दुर्घटना में मृत्यु हो गई।

मैं सुनते ही रो पड़ा। 1 जून को मुझे इस खबर की जरूरत नहीं थी। इन दोनों लड़कों से मैंने तुम्हारा परिचय कराया था

जब हम मराकेश के उस होटल के बार में बैठे थे जहाँ वे दोनों रुके हुए थे। मुझे ये दोनों बहुत पसन्द थे और मैं मार्क का दुख भलीभाँति समझ सकता हूँ। वह बहुत दिन तक दुख में डूबा रहेगा और उसका जीवन मुश्किल हो जाएगा। यह चुराई हुई मृत्यु है। अभी एक साल हुआ है। मैं सिर्फ यह जानता हूँ भले ही तुम हम सबको छोड़कर चले गए हो, तुम मुझे छोड़कर नहीं गए। मैं तुम्हारे बारे में फिलिप और निस्सन्देह पियेर से भी बात करता हूँ। और भला किसके साथ कर सकता हूँ? मैं मैडिसन का नाम लेना तो भूल ही गया था जो कि तुम्हें सबसे अच्छी तरह जानता था और सबसे ठीक और सही तरह से तुम्हारी प्रशंसा करता था। कभी-कभी मैं तुम्हारे पत्रों और कार्डों को बार-बार पढ़ता हूँ जो तुम मुझे फूलों के साथ भिजवाया करते थे। मुझे इनको पढ़ते हुए बहुत तकलीफ होती है। मुझे रोना अच्छा नहीं लगता लेकिन मुझे हर बार रोना आ जाता है।

2 जून, 2009

आज सुबह सेंट रोश में बहुत भीड़ थी। बेहद मधुर संगीत, आरकेस्ट्रा और सुन्दर परिधान में गायक, सिर्फ मोजार्ट बजा रहे थे। फिलिप ने एक स्तोत्र पढ़ा और मैंने एक श्रद्धांजलि जो कि हमारे दोस्तों ने पसन्द की।

आज शाम मैंने इन्हीं दोस्तों को खाने पर बुलाया। बहुत

अच्छी शाम बीती लेकिन तुम जानते हो कि खुशी दुख का विलोम नहीं है। मैं विमान दुर्घटना के बारे में सोच रहा हूँ। 228 मृत। एरिक चालाक, बुद्धिमान और चंचल था। मुझे दुख है।

4 जून, 2009

नोत्र-दाम में विमान पीड़ितों के लिए एक सभा है। मैं मार्क के बगल में बैठा था। वहाँ हमने कई घंटे बिताए। असहनीय था। सारे परिवार जन रोते हुए, दुर्भाग्य से टूटे हुए माँ-बाप जिन्होंने बेटा या बेटी खो दिए, युवा महिलाएँ सिसकियाँ लेते बच्चों के साथ। पूरा गिरजाघर आँसुओं से भरा हुआ था। सर्वधर्म सभा में पेरिस के प्रधान पादरी, मुख्य रब्बी, पूर्व ईसाई सम्प्रदाय के पादरी और इमाम थे। नास्तिक वे शब्द सुनने को मजबूर थे जिन पर उनका विश्वास नहीं है। फ्रांसीसी गणराज्य के राष्ट्रपति, एक धर्मनिरपेक्ष राष्ट्र का राष्ट्रपति, वहाँ आधिकारिक रूप से उपस्थित थे। कोई तो समस्या है हमारे यहाँ, धर्मनिरपेक्षता का कोई अर्थ नहीं है। इसकी जगह एक अनियंत्रित सर्वसम्मति ने ले ली है जो बगैर पूर्ण विश्वास के दिन घोषित कर देते हैं। और इस दौरान, इस्लाम स्वतंत्र संसार के, इजराइल फिलीस्तीन के और फिलीस्तीन इजराइल के विरोध में डटे रहते हैं। यह सब देखकर मुझे अपने युवाकाल का वह आवेग याद आ जाता है जब मैं पादरीवाद के विरुद्ध लड़ रहा था। ईव, मैं जानता हूँ कि

तुम्हें इस विषय में रुचि नहीं है और तुम इसे महत्त्व भी नहीं देते। तुमने ये प्रश्न कभी नहीं पूछे, तुम्हारी धार्मिक निष्ठा एक अत्यन्त सरल मानव की थी और अगर तुमने पास्कल को पढ़ा होता तो वह तुम्हें बड़े आराम से विश्वास दिला देता कि प्रश्न न पूछने से तुम्हारा कोई नुकसान नहीं हो रहा।

शर्म की बात है। "भरोसा जो कोई क्रिया न करे क्या वह सच्चा भरोसा है?" रासीन एक स्पष्ट भरोसे की बात करता है। तुम अन्धा भरोसा करते थे, वह तुम्हें परेशान नहीं करता था। इस वजह से मुझे पास्कल से दिक्कत है। उसके अनुसार सब कुछ ईश्वर द्वारा निर्धारित होता है। मैं उसे सिर्फ इसलिए पसन्द करता था क्योंकि वह एक लेखक है, जो कि अपने आप में बड़ी बात है।

सप्ताहांत टैंजियर में बिताया जहाँ पर फिलिप, मैडिसन और मुजीक के साथ तुम भी निरन्तर उपस्थित थे। मुझे शंका है कि तुम्हें इस आखिरी नाम में बाकी दोनों से ज्यादा दिलचस्पी है। मुझे कहना चाहिए बाकी तीनों से क्योंकि मैं खुद को इनके साथ गिन रहा हूँ। आह, ईव, अगर तुमने दूसरों का उतना ही खयाल रखा होता जितना अपने कुत्ते का तो तुम्हारा जीवन कुछ और होता। दूसरों के प्रति तुम्हारी इस उदासीनता से मैं काफी स्तम्भित हुआ था जब हम मिले। उसके बाद मैंने खुद को समझा लिया। मैंने सोच लिया कि तुम एक विकलांग हो जो उस रास्ते को लेने में असक्षम था जो दूसरों की तरफ जाता था।

दूसरों को तुम अपनी तरफ आने देते थे। तुम्हारी किस्मत

अच्छी थी। वे लोग आए। यह तुम्हारा आभामंडल था जो लोगों को तुम्हें उसी रूप में स्वीकार करने के लिए बाध्य करता था जैसे तुम थे, जो तुम्हारी रक्षा और तुम्हें प्रेम करवाता था। यह आभामंडल सदैव तुम्हारे साथ रहा। ''पियेर, मुझे ईव के बगल में न बिठाओ, ऐसा लगता है किसी महाराजा के साथ बैठा हूँ।'' माथ्यू गैली मुझसे कहता था। यह कहना चाहिए कि तुम लोगों को स्वाभाविक करने की कोई कोशिश नहीं करते थे।

मोरक्को वह जगह है जहाँ मैं तुम्हारे सबसे करीब महसूस करता हूँ। मुझे तुम्हारा दुख याद है। हम जब-जब इस देश को छोड़कर जाते थे और जैसे ही पेरिस पहुँचते थे तुम दौड़कर खुद को अपने कमरे में बन्द कर लेते थे और अकेलेपन के साथ तुम्हारे भद्दे उत्सव फिर से शुरू हो जाया करते थे।

क्लेमॉन्सो कहता था कि क्रान्ति को समूह में ही किया जाना चाहिए। एक तरह से मैंने तुम्हारे साथ यही किया और कभी इसका पछतावा नहीं हुआ। एक ही इनसान के साथ पचास वर्ष बिताना कोई छोटी बात नहीं है।

माक्सीम ताओवादी जिसका मैं अनुयायी हूँ : ''पहिए की तीलियों के बीच का खाली स्थान तीलियों जितना ही महत्त्वपूर्ण होता है।'' तुम्हारे व्यवसाय में कहा जा सकता है : ''बटनों के बीच का स्थान बटन जितना ही महत्त्वपूर्ण होता है।'' तुम इस बात से जरूर सहमत होगे। तुम जो कि एक मिलीमीटर के हजारवें भाग तक की शुद्धता मापते थे। तुम कितने सही होते थे और मैंने तुम्हारे साथ कितना सीखा है। कोक्तो जिन प्रेम के

प्रमाणों की बात करता है वे सदैव सिर्फ विवरण में ही मिलते हैं। जब मैंने बोनापार्ट मार्ग लिया, तुमने मुझसे कहा, ''हमने हमेशा सब कुछ मिलकर खरीदा है, हम आगे भी ऐसा ही करेंगे।'' मैं बहुत भावुक हो गया था और अकसर पछतावा हुआ है कि मैंने यह बात स्वीकार नहीं की। आज भी मुझे इसका पश्चात्ताप है।

काश, तुम यानिक हैनेल की 'यान कार्सकी' पढ़ पाते। मैंने ज़ाविए द मेस्त्र की 'वोयाज ओतूर द मा शाँम्ब्र' हर बार उसी आनन्द से पढ़ी है। मैं काफी युवा था जब पहली बार यह पुस्तक पढ़ी थी। यही बात माक ऑरलाँ की 'पैति मानुएल द्यू पारफे आवोंच्यूरिये' के साथ भी है।

शायद इन किताबों की वजह से ही मैं बड़ी-बड़ी यात्राओं पर नहीं गया और तुम्हारी वजह से भी। लेकिन तुमने तो ये किताबें नहीं पढ़ी थीं, फिर भी घर से नहीं निकलना चाहते थे। हम मराकेश जाया करते थे, नोरमौन्दी भी, हम अकेले होते थे और खुश रहते थे।

माइकल जैक्शन की मृत्यु से पूरी दुनिया में शोक व्याप्त हो गया है। मैं समझता हूँ यह यौवन का संगीत है, लाखों किशोरों का संगीत है। यह युग अद्‌भुत है और मुझे खेद है कि मैं अब इतना युवा नहीं हूँ कि इसे दूसरों के साथ बिता पाऊँ। संगीत का एक राजसी स्थान है। उसे एक ही समय में सब सुनते हैं। अमेरिकी, यूरोपीय, अफ्रीकी, एशियाई, ऑस्ट्रेलियाई, सब जो उसको प्यार करते हैं। याद करो ईव, जब हमने 1963 में लन्दन

में बीट्ल्स को सुना था! वह हमारी पीढ़ी का संगीत था और हमें बहुत पसन्द आया था।

मुझे अभी-अभी एक किताब मिली है जिसने मुझे झकझोर दिया है। 'दिस्कूर द ला मेतोद' का मूल संस्करण। मैं इसलिए हिल गया हूँ इस किताब को अपने हाथ में लेकर क्योंकि यह वैसी ही है जैसी सन् 1937 में लेइड में इयान मेयर के यहाँ छपी थी और इसलिए भी क्योंकि इसमें मुझे आनन्दित करने के लिए सब कुछ है। यह एक क्रान्तिकारी की रचना है जिसने लैटिन का त्याग करके फ्रांसीसी भाषा को इसलिए अपनाया कि सब लोग उसे समझ सकें। यहाँ तक कि महिलाएँ भी, वह स्पष्ट कहा करता था। अगर वह रोम गया था, जैसे कि उससे पहले द्यू बैले गया था, तो वह अपने धन को निहारने के लिए वापस नहीं आया बल्कि उसने एमस्टरडैम में कैथोलिक गिरजाघर और अपने ज्ञानी स्वदेशवासियों से दूर अपना आश्रय बनाना पसन्द किया।

मैंने मादलेन वियोने की एक बहुत उत्कृष्ट प्रदर्शनी देखी। तुमने उसे सदैव पसन्द किया किन्तु सबकी तरह उसे भलीभाँति नहीं जानते थे। तसवीरें, खासतौर पर उस जमाने की, इतनी आकर्षक नहीं होती हैं। कितनी आधुनिकता, पैटर्न पर कितना अधिकार? उसके प्रसिद्ध चार चौकोर, झुके हुए, क्या सोच थी! तुम्हें ये सारे बिलकुल सही माप वाले नारीत्व को उभारते हुए, बहते हुए गाउन और स्त्रियों के अन्य परिधान बहुत पसन्द आए होते। हर चीज इतनी सरल और सहज। आज दोपहर मैंने यह

प्रदर्शनी देखी और सुबह ही मैंने तुम्हारा यह वाक्य पढ़ा था कि तुम्हारी इच्छा थी कि तुम्हारे लिए भी फैशन के हॉल ऑफ फेम में शानेल, शियापारेली और वियोले के बीच एक स्थान सुनिश्चित किया जाए। यह हो गया है। हालाँकि इस संयोग ने मुझे सोचने पर मजबूर कर दिया था। मुझे यह बात चौंका रही है कि तुमने न तो डिओर का नाम लिया और न ही बलॉसियाज़ा का। तुमने अपने सच्चे प्रेरणास्रोतों का नाम लिया, यह सब स्त्रियाँ हैं। बलॉसियाज़ा तुम्हें पसन्द नहीं था, वह तुम्हें अरुचिकर लगता था। तुम कहते थे कि उसके परिधान तैयार करने में जातिवाद दिखता है। कहने का मतलब कि वह सिर्फ धनी स्त्रियों के लिए कपड़े बनाता है, तुम्हारे विपरीत। डिओट के साथ तुम हमेशा अस्वाभाविक रहे, तुम उसके बहुत ज्यादा ऋणी थे। उसने तुम्हें सब कुछ सिखाया था और तुम उससे आगे निकल गए। तुम उसकी प्रशंसा करते थे और तुम सही करते थे। उसने बहुत बढ़िया गाउन और फ्रॉकें ईजाद की थीं लेकिन क्या उसने फैशन का विस्तार किया? बूले कहता है कि यदि शूबैर नहीं भी होता तो भी संगीत के इतिहास में कोई परिवर्तन न हुआ होता। यह बात डिओर के लिए कही जा सकती है लेकिन निश्चित रूप से तुम्हारे और बूले के लिए नहीं।

*

मैंने इस किताब के साथ इतना समय कैसे बिता दिया? थॉमस सैवेज की 'द पावर ऑफ द डॉग' एक महान कृति।

*

प्रिफेक्ट ग्रीमो की मृत्यु की घोषणा हुई है। मई 68 वाले, जैसा कि लोग उन्हें कहते हैं। संयोग से ही हम लोग वहाँ पर थे। याद है न तुम्हें। जिस शाम ओडियन थियेटर पर नाराज कलाकारों के एक झुंड ने हमला कर दिया था। पॉल टेलर के बैले का प्रदर्शन देखकर बाहर निकल रहे थे जब हम यह देखकर स्तम्भित हो गए कि एक बड़ी भीड़ ओडियन में प्रवेश कर रही है। मुझे वह दृश्य इतना विचित्र लगा कि कुपोल में हेलेन और किम के साथ खाना खाने के बाद मैंने तुम्हें घर छोड़ा और वापस थियेटर में लौट आया। तब तक पासे फेंके जा चुके थे। मंच पर मादलिन और ज़ाँ-लुई समझौते का प्रयास कर रहे थे। लीविंग थियेटर के जूलिया बेक कलाकारों के कर्तव्य की बात कर रहे थे। बापतीस्त, सेलीमेन और बुज़दिल भीड़ में क्या समानता है? सुबह के लगभग तीन बजे मैं जाँ-लुई और मादलिन को उनकी गाड़ी तक छोड़कर आया।

वे इस तरह वहाँ से गए जैसे कोई अपने प्रेमी को हमेशा के लिए छोड़कर जाता है : बगैर पीछे मुड़कर देखे। सच में, उनको ओडियन में कभी दोबारा कदम नहीं रखना था। पागलपन का दौर था, इसी से भागने के लिए हम लोग मराकेश चले गए।

फ्रॉस्वाज़ सागों की मदद से ब्रूसैल तक के लिए हमें पेट्रोल मिल गया और वहाँ से वह म्यूनिक के लिए निकल गई और हम मोरक्को के लिए।

यह सब मैं सिर्फ यह कहने के लिए बता रहा हूँ कि ग्रीमों बहुत बड़ी मुसीबत से बच गए कि खून नहीं बहा। विद्यार्थी अपने–अपने घर लौट गए, और बीस साल बाद उनको फैशनपरस्त मध्यमवर्गीय वामपन्थी विचारधारा वाले वर्ग का हिस्सा बनना था। इन सबकी वजह से हालाँकि मुझे उनके नजदीक आ जाना चाहिए था। सार्त्र, आरागों, मितरों ने कोशिश की थी, लेकिन उनका प्रयास निरर्थक रहा। मैं लिबरेशन अखबार को पहले से जानता था और मैं समझ गया था कि मिडियोक्रिटी ताकत के ऊपर विजय प्राप्त कर लेगी। यह बात ज्यादातर मध्यमवर्गीय पिताओं के लड़के जानते थे जो खुद को क्रान्तिकारी समझते थे और सोचते थे कि वे दुनिया बदलने चले हैं।

ईव, तुमने अपने कमरे में भले ही चेग्वेरा का पोस्टर लगा लिया हो लेकिन तुम्हारी यह प्रवृत्ति नहीं थी कि तुम सड़क के पत्थरों के नीचे समुद्र–तट की खोज करने निकलो। मैं सोच रहा हूँ कि पीयर ने क्या किया होता।

अगर मुझे दोबारा जीने को मिले तो मैं वैसे ही जियूँगा जैसा मैंने जिया है। "न तो अतीत से मुझे शिकायत है, न ही भविष्य का डर"—मोनतेन ऐस्से III, 2. मैं और दूसरी कौन सी बात कह सकता हूँ? कुछ भी नहीं। जिस दौरान मैं तुम्हें यह पत्र लिख रहा हूँ मैं वही सोच रहा हूँ। मैंने दूसरी तरह से कभी

सोचा ही नहीं। वे उलाहने जो मैंने तुम्हें इन पत्रों में दिए हैं, वह सब जो तुम समझ पाए थे वे शिकायतें नहीं थीं, सिर्फ अफसोस था। तुम्हारी सनक तुम्हें खुश रहने से रोकती थी। लेकिन क्या तुम इसके लिए कुछ कर सकते थे? तुमने एक ऐसी व्यवस्था की रचना की थी जिसमें हर कोई एक किरदार निभा रहा था। तुम एक शहीद का निभा रहे थे जिसे तुमने अन्त तक निभाया। लेकिन तुम्हारे इस किरदार के पीछे एक दूसरा किरदार भी था जिसे मैं जानता था और जो बहुतों को आश्चर्यचकित कर देता। आखिरी के सालों में वे जो तुम्हारे करीबी थे, जिनके दिमाग में तुम्हारी छवि एक ऐसे इनसान की थी जो किसी चीज से खुश नहीं रह सकता, जो चिड़चिड़ा था और हर चीज की शिकायत करता रहता था; मैं चाहता हूँ कि वे सारे करीबी यह जानें कि तुम हमेशा से ऐसे नहीं थे। तुम ऐसे तब हुए जब शराब और ड्रग्स ने तुम्हें हरा दिया। इन लतों से तुम कभी वापस नहीं आए। उस दिन के बाद से आखिरी बार सन् 1990 में तुमने बीमारी को ऐसे अपना लिया जैसे धर्म अपनाया जाता है। नर्स और डॉक्टर एक के बाद एक आते रहे और उनके साथ पूरा औषधि विज्ञान। एक बुराई को दूसरी बुराई से बदल दिया गया।

तुमने दवाइयों के साथ अपना बाल्ट्स नृत्य बहुत जल्दी ही शुरू कर दिया। न्यूयॉर्क में तुमने डॉक्टर रॉबर्ट फ्रेमैन जिसे लोग डॉक्टर फीलगुड कहते थे, के साथ ऐम्फीटिमाइन के इंजेक्शन लेना शुरू कर दिया जो तुम्हारी जिन्दगी का लम्बे समय तक हिस्सा रहा। गार्श में इस इलाज के बाद तुमने शराब और मादक

पदार्थ छोड़ दिए लेकिन शान्ति तुम्हें वापस न मिल पाई। तुम्हारी परिधान रचनाओं पर इसका असर पड़ा। लेकिन इतना अनुभव था कि तुमने अपने कार्य क्षेत्र में शरण ले ली और इस सबसे अपनी दूरी बना ली। तुम सर्वाधिक प्रसिद्ध और सम्मानित फैशन डिजाइनर बन गए। इस तरह से तुम अपने काम की शुद्धता का फल चख रहे थे जो तुमने इतने घमंड से विकसित किया था। वर्ष बीतते रहे और उनके साथ तुमने अपने व्यवसाय का परित्याग कर दिया, अकेलेपन में आश्रय पा लिया, एकान्त में जीने के आदी हो गए और दुख के साथ हो लिए। तुम ऑपेरा के एक किरदार की तरह थे, कटार और जहर के बीच। तुम मध्यवर्ग के लोगों को नापसन्द करते थे, तुम्हें अपने काम के सिवाय किसी और चीज से मतलब नहीं था। तुम पूर्ण रूप से समलैंगिक थे, औरतों से प्यार था पर इस बात को पूरे जोर-शोर से कहा करते थे। बहुत सारे लोगों की तरह तुमने उनका इस्तेमाल नहीं किया बल्कि तुमने उनके लिए काम किया। तुमने फैशन के इस निरर्थक व्यवसाय को एक सामाजिक सच्चाई बना दिया। अफसोस की बात है कि यह व्यवसाय तुम्हें खुश नहीं रख पाया। तुम उन पिशाचों के साथ रहे जिनको तुमने पाला था। अकेलापन जो तुम्हें इतना डराता था, वही तुम्हारा सबसे भरोसेमन्द साथी बन गया।

मैं तुम्हें यह सब क्यूँ लिख रहा हूँ? क्योंकि यह मेरा अन्तिम पत्र है। तुम जानते हो ईव मैं बहुत लम्बे समय तक लिख सकता हूँ। लेकिन क्या फायदा? मुझे लगता था कि तुम्हें लिखने से मेरी तकलीफ कम हो जाएगी लेकिन इससे सिर्फ थोड़ी देर

के लिए ध्यान हटा। दरअसल इन पत्रों का सिर्फ एक ही उद्देश्य था : हमारे जीवन का सार, जो यह पढ़ेंगे उनको यह बताना कि तुम कौन थे, हम कौन थे। अपनी यादों को ताजा करना, तुमसे यह कहना कि चाहे जो कुछ भी हुआ हो, मैं तुम्हारे साथ कितना खुश था और तुम्हारी वजह से। इसके माध्यम से मैं तुम्हारे गुणों को भी रेखांकित करना चाहता था, तुम्हारी काबिलियत, पसन्द, बुद्धिमत्ता, भलमनसाहत, ईमानदारी, हठ और तुम्हारी अपेक्षाएँ। उम्मीद करता हूँ कि दुनिया को दिखा पाया हूँगा। ये सारे गुण किसी 'असाधारण जीव के पंखों' जैसे थे, जिन्होंने तुम्हें जमीन पर नहीं चलने दिया।

मैंने स्तान्दाल को सुनने की कोशिश की, 'द लामूर' में वह कहता है : "मैं हर सम्भव प्रयत्न कर रहा हूँ कि मैं रूखा रहूँ। मैं अपने हृदय को जबर्दस्ती चुप कराता हूँ जो बहुत कुछ कहना चाहता है। मैं हमेशा काँप जाता हूँ यह देखकर कि मैंने एक आह के अलावा कुछ भी नहीं लिखा जबकि मुझे लगता है कि मैंने सच लिख दिया है।" जैसे नुश के लिए एलुआर्ड था, मैं जो भी चीज देखता हूँ, जो भी चीज मेरे इर्द-गिर्द है उस पर तुम्हारा नाम लिख देता हूँ।

यह मेरा अन्तिम पत्र है। लेकिन यह हमारा विदा-पत्र नहीं है। एक दिन, दुबारा शायद मैं तुम्हें लिखूँगा, क्या पता ? हम एक-दूसरे से अलग नहीं हो रहे हैं। मेरे साथ चाहे जो भी हो जाए मैं तुमसे प्रेम करना या तुम्हारे बारे में सोचना बन्द नहीं करूँगा। पचास वर्षों के लिए तुम मुझे एक अद्भुत यात्रा पर लेकर गए, एक सपने

में जहाँ पर दीवानगी और उन्माद था जहाँ यथार्थ का बहुत कम स्थान था। आज मैं जगा हुआ हूँ। तुम्हारी मृत्यु ने खेल खत्म होने का संकेत दे दिया। जब तुम जीवित थे, तुम्हारी जादुई करामात मुझे हक्का-बक्का कर देती थी। तुम अपनी टोपी से वे गाउन और फ्रॉक निकालते थे जिन्हें देखकर लोग स्तब्ध रह जाते थे। भारत और चीन से आए हुए रेशम, स्कुटारी से आए हुए मखमल, शेहरज़ाद की कढ़ाई। मेरी विस्मित आँखों के सामने तुम इस प्रदर्शन को एक बैले नृत्य की तरह संचालित करते थे। इसके बावजूद, याद करो, 'ला सेरीज़े' में फिर्स ने कहा है : "जीवन तो बीत गया, जैसे हमने इसे जिया ही न हो।" आज तमाशा खत्म हो गया है और मैं अकेला रह गया हूँ, सामान के नाम पर सिर्फ यादें हैं। रात घिर आई है। दूर से संगीत की ध्वनि सुनाई दे रही है, किन्तु मुझमें वहाँ तक जाने की शक्ति नहीं है।

पियर

पश्चलेख :

मैंने सोचा कि तुम वह सम्बोधन पढ़ना चाहोगे जो मैंने तुम्हारी प्रथम पुण्यतिथि पर सेंट रोश में दिया था, वह भेज रहा हूँ।

अगर तुम मुझे पहली बार में ना ढूँढ़ पाओ
तो हिम्मत रखना।

अगर मैं किसी जगह पर तुम्हें मिलने से चूक जाऊँ,
तो कहीं और ढूँढ़ना।

मैं कहीं पर रुका हुआ हूँ
और सिर्फ तुम्हारी प्रतीक्षा कर रहा हूँ।

वॉल्ट विटमैन की यह कविता जो कैथरीन दनव ने मेरे कहने पर पिछले साल पढ़ी थी, मेरे दिमाग से नहीं निकल रही है। मैंने कवि के कहे अनुसार किया। अपने आसपास ढूँढ़ा, हिम्मत बाँधे रखी, दूसरी जगहों पर ढूँढ़ा और फिर भी उसको नहीं पाया जिसे मैं ढूँढ़ रहा था। कितनी सही बात है कि हर कोई एक अलग व्यक्ति है। अगर मैंने उसे ढूँढ़ लिया होता तो क्या उसे पहचान पाता?

वह जिसे मैं जानता था, वह जिसे आप जानते थे, क्या हम एक ही इनसान की बात कर रहे हैं?

फिर भी उसका वजूद था और एक तरह से आप भी वह हैं लेकिन वह किसी का नहीं है। न मेरा, न किसी और का। फिर भी हर किसी को उसको अपना बनाने का अधिकार है और इसमें हर कोई सही है। जब मैं ईव के बारे में सोचता हूँ, और जब आप उसके बारे में सोचते हैं, तो निस्सन्देह यह एक ही आदमी के बारे में है, लेकिन हममें से हर कोई उसके साथ और उसकी यादों के साथ एक अलग रिश्ता रखता है। मुझे विश्वास है कि आज ईव का जीवन आगे बढ़ रहा है। वह एक कलाकार

था और कलाकारों का समय दूसरों की तरह नहीं होता। उनकी रचनाओं में जो हमारे साथ-साथ चलती है, उन्हीं रचनाओं के माध्मय से वे बार-बार जन्म लेते हैं।

ईव का जीवन भी आगे बढ़ रहा है। मैं भी आत्मा की ताकत पर विश्वास करता हूँ। क्या अफसोस को दूर भगाने के लिए और दर्द को हल्का करने के लिए यह काफी है? निस्सन्देह, नहीं।

आप जानते हैं : ऐसे दिन होते हैं, जब रात्रि दूसरे दिनों के मुकाबले जल्दी हो जाती है। लेकिन यह कहने से कि किसी ने जिसने अपनी यात्रा पूरी कर ली हो अपनी यात्रा के दौरान एक निशान छोड़ा है, चाहे वह कितना भी छोटा क्यूँ न हो, कभी-कभार सान्त्वना देता है। "अगर मैं कहीं पर तुम्हें मिलने से चूक जाऊँ, तो कहीं और ढूँढ़ना।"

ईव हमेशा भागता रहा और दूसरी जगहें अनगिनत हैं। इसलिए हमें स्वयं के भीतर ढूँढ़ना पड़ेगा, वह हम सबके अन्दर है। यहीं पर वह छिपा हुआ है। अगर हम उसे अपने भीतर खोज पाए तो वह दोबारा कभी नहीं भाग पाएगा। वह फिर कभी हमारे हाथ से नहीं छूटेगा। एक साल तक मैं सिर्फ उसे ढूँढ़ता ही रहा, अपनी यादों में टटोलता रहा, अपनी टूटी हुई यादों को जोड़ता रहा। मैंने अपना सारा समय उसके पीछे भागने में बिताया। एक ऐसी खोज में जो मुझे बेदम करती रही, जहाँ पश्चात्ताप और शोक, विश्वास और शंकाएँ आपस में मिल रही थीं। हमें यह समझना चाहिए कि किसी दूसरे को ढूँढ़ना, खुद अपने आप को

ढूँढ़ना होता है। यह स्वयं के साथ शान्ति चाहना है। मृत्यु जितने जवाब लाती है उससे भी ज्यादा प्रश्न पूछती है। इन्हीं सवालों का जवाब देना है हर दिन, हर घंटा। इन सवालों का क्या मैंने वह जवाब दिया जो देना चाहिए था? मैं विश्वासपूर्वक नहीं कह सकता। मैं तो यह जानता हूँ कि मैंने अपनी सारी शंकाएँ और प्रश्न मिटा दिए। भय के बाद अब शान्ति का समय आ गया है।

जब मैं ईव के बारे में सोचता हूँ, मैं एक बार फिर से दूर की नजर का चश्मा पहने एक शर्मीले नवयुवक को देखता हूँ जिसको मैंने पहली बार दियोर के उसके प्रथम वस्त्र-संग्रह के बाद देखा था और फिर उससे बार-बार मिला। वह जिसे बाद में, मेरा हाथ पकड़कर मुझे अपने साथ ले जाना था। मैं दुविधा में उन क्षणों को सोचता हूँ जब उसे यह तक नहीं पता था कि उसे ख्याति मिल चुकी है। वह ख्याति जो कभी उसका साथ नहीं छोड़ेगी और उसे जैसा कि मादाम द स्तैल कहती है, खुशियों से दमकते मातम देगी। उस वक्त वह इक्कीस वर्ष का था। क्या वह खुशियों से दमकते हुए मातम के लिए कुछ छोटा नहीं था? लेकिन उसने किया तो यही जब उसने अन्त तक अपने जीवन को काम की भेंट चढ़ा दिया। इससे फर्क नहीं पड़ता कि यह काम क्षणिक (स्वभाव) का था। उसने वह किया। प्रूस्त ने अपने कक्ष के अन्दर और फ्लाबेयर ने क्रॉसेट में कुछ अलग नहीं किया। भले ही उनकी रचनाएँ अमर हों। सिर्फ भाव का महत्त्व होता है। जैसे ये मृत सितारे अभी भी चमक रहे हैं। ईव सैं लोरौं भी हमें रोशनी दे रहा है।

वह नीलामी जो मैं करना चाहता था, उसने ईव की कला की परख और उसके चुनाव के आत्मविश्वास को दुनिया को दिखा दिया है। दुनिया-भर में उसकी रचनाओं की प्रदर्शनियाँ और बहुत जल्द पेरिस में भी, यह साबित करती हैं कि चाहे क्षणिक ही सही यह रचनाएँ महान हैं, सिर्फ किसी फैशन डिजाइनर द्वारा नहीं, बल्कि एक सम्पूर्ण कलाकार द्वारा रचित हैं जिसने महिलाओं के रूपान्तरण के लिए सामाजिक क्षेत्र में प्रवेश किया और अपने दौर में हलचल मचा दी। यह सच है कि उसकी कृतियाँ संगमरमर में नहीं खुदी हैं, लेकिन उन्होंने स्त्रियों के जीवन को बदल दिया, उनकी ताकत को और मजबूत किया, उन्हें भरोसा दिया और उन्हें अपने आप से खुश रहने में मदद की। इसे कहते हैं जीवन द्वारा दिए गए अनुबन्ध को कार्यान्वित करना।

आज उसकी यादों के इर्द-गिर्द इकट्ठा हुआ प्रत्येक व्यक्ति ईव के बारे में वैसा सोच सकता है, जैसा वह उसको समझता है। हर कोई सही है। मेरा ईव मेरे लिए वह है जिसके साथ मैंने पचास वर्ष बिताए, जिसकी आँखें मैंने पिछले साल बन्द कीं। जिसने मुझे अपना विश्वास देकर सम्मानित किया, और जिसको उसकी नियति प्राप्त करने में मैंने मदद की। जिससे मैं कहा करता था कि कुछ भी असम्भव नहीं है, चमत्कार में विश्वास होना चाहिए और उनकी कभी नहीं सुननी चाहिए जिन्हें सबसे पहले मुश्किलें दिखती हैं। चूँकि हमने मुश्किलों को हमेशा अनदेखा किया, इसलिए हम अपने सपनों को साकार कर पाए। वे सपने जो दीवानगी से भरे हुए थे। क्योंकि हम दीवाने ही थे।

अब जबकि बाधा दौड़ खत्म हो गई है। मेरे पास क्या बचा है? यादें? निश्चित रूप से। लेकिन मैं बीते समय में जाने से सावधान रहता हूँ और भविष्य के प्रयोजनों की मेरी उम्र नहीं है। मैं विक्टर ह्यूगो को पढ़ रहा हूँ। 'बूज़ ऑदौर्मी' के इस अवतरण पर चिन्तन कर रहा हूँ :

मैं विधुर हूँ, अकेला हूँ और मेरी साँझ हो रही है,
और मैं झुक रहा हूँ, ऐ मेरे ईश्वर! मेरी आत्मा कब्र की तरफ है,
जैसे प्यासा पशु अपना सिर जल की तरफ झुकाता है।

❂❂❂